U0619790

富岳百景

[日] 太宰治 著

程亮 译

中国出版集团　现代出版社

图书在版编目（CIP）数据

富岳百景 /（日）太宰治著；程亮译. —北京：
现代出版社, 2020.10（2024.1重印）
ISBN 978-7-5143-8760-5

Ⅰ.①富… Ⅱ.①太… ②程… Ⅲ.①短篇小说－小
说集－日本－现代 Ⅳ.①I313.45

中国版本图书馆CIP数据核字（2020）第156649号

作　者　［日］太宰治
译　者　程　亮
责任编辑　申　晶　曾雪梅

出 版 人　乔先彪
出版发行　现代出版社
地　　址　北京市安定门外安华里504号
邮政编码　100011
电　　话　(010) 64267325
传　　真　(010) 64245264
网　　址　www.1980xd.com
印　　刷　三河市嵩川印刷有限公司
开　　本　880mm×1230mm　1/32
印　　张　7.75
字　　数　140千字
版　　次　2020年10月第1版　2024年1月第2次印刷
书　　号　ISBN 978-7-5143-8760-5
定　　价　59.80元

版权所有，翻印必究；未经许可，不得转载

目录

卑俗性

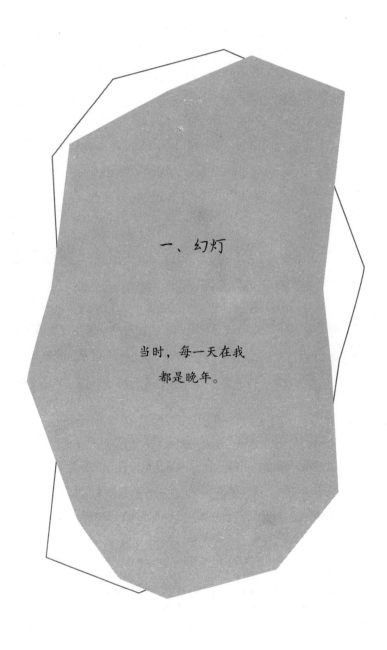

一、幻灯

当时，每一天在我
都是晚年。

我恋爱了。那种事，完全是头一遭。相较之下，更早以前的我，是要展露左半边脸，急欲彰显男子气概，对方若犹豫一分钟之久，我就慌了，疾风一般逃之夭夭。然而，彼时的我，却陷入了一场可谓毫无顾忌、缺乏节制的恋爱，对待一切都变得懒散，就连本以为几乎已在我身上扎根的明哲保身的姿态，也维系不住。"因为喜欢所以没办法。"——这一句沙哑的低语，便是我思维的全部。二十五岁。我现在出生了。活着，活到死去。我是真实的。因为喜欢所以没办法。但我，似乎从一开始就不受欢迎。正当我渐渐开始亲身了解"强迫殉情"这一陈旧的概念时，我遭到了无情的拒绝，然后便止步于此。对方不知消失到哪里去了。

　　朋友们称呼我，都用佐野次郎左卫门①或佐野次郎这个古人的名字。

---

① 江户中期下野国佐野的农民。右脸生有巨痣，一直讨不到老婆，后被一妓女欺骗，遂因爱生恨，将该妓女及在场多人砍杀。——译者注

"佐野次郎……不过，幸好。多亏了那种名字，你总算像点样子了不是吗？被甩了还能保持形象得体，似乎是从来就会向人撒娇的证据……哎，冷静点。"

我忘不了马场曾那样说。尽管如此，第一个喊我佐野次郎的人，的确正是马场。我和马场是在上野公园里的甜酒馆认识的。就是那家紧邻清水寺的小酒馆，店里并排放着两张铺有红毛毡的长板凳。

我趁课间闲时从大学后门漫步走去公园，经常顺路到那家酒馆，因为店里有个十七岁的名叫菊的女孩，身材娇小，模样伶俐，目光清澈，像极了我的恋爱对象。我的恋爱对象是个一见面就得花点钱的女人，所以我没钱时，就在那家酒馆的长板凳上坐下，点一杯甜酒徐徐啜饮，强自忍耐地望着菊，当她是我的恋爱对象的替代。

今年早春，我在这家酒馆里看到了一个奇怪的男人。那天是礼拜六，一早就是个大晴天。我听完法国抒情诗的课，将"梅花已开了，樱花还没开吗"这一与适才课上所学之诗判若云泥的不学无术之句随便谱上曲调，翻来覆去地哼唱着，于正午时分来到那家酒馆。当时，店里已有一位先来的客人。我吃了一惊，因为那人的模样怎么看都不大正常。尽管看起来相当消瘦，身高却如常人，身上的黑西服也是普通的哔叽料子，可是披在外面的外套首先就很古怪。叫什么样式我不清楚，但就第一眼的印象而言，是席勒的外套——天鹅绒和纽扣多得离谱，颜色是漂亮的银灰色，肥大得简直不像话。其次是脸。倘若也用第一眼的印象来形容，就是化身舒伯特失败的狐狸——明显得不可思议的额头，铁框小眼镜和夸张的鬈发，尖下颏，邋遢胡子。至于皮肤，夸张点讲，是莺羽般的脏兮兮的青色，全无光泽。那男人盘腿坐在铺着红毛毡的长板凳的正当中，一边用喝碾茶的大茶碗悒悒地啜着甜酒，一边举起单臂"啊啊"地叫着，岂不是在喊我过去？我感觉到，踌躇得越久，这事似乎就越令人瘆得慌，于是我一面挤出连自己也莫名其妙的微笑，一面在那男人所在的长板凳的边缘坐了下来。

"今早，吃了很硬的鱿鱼干，"是故意压得极低沉的沙哑的声音，"所以右边大牙疼得不行。最让人受不了的莫过于牙疼啊。虽说吃一大把阿司匹林，就能霍然而愈。哎呀，喊你的是我吗？失礼。我呢，"他瞥了我一眼，嘴角含着少许笑意，"不会识人，眼盲。……不是啦。我很平凡，只是伪装而已。是我的坏习惯。对于初次见面的人，我忍不住想要如此展现一点自己的独具一格。有句话叫作茧自缚。陈腐透顶。不行。是病。你，是文科吗？今年毕业吧？"

"不，还有一年，因为留过一次级。"我答道。

"嘿，真是个艺术家啊！"他笑也不笑一下，平静地喝了口甜酒，"我在那里的音乐学校大约待了八年，怎么也毕不了业。

毕竟我还一次都没参加过考试那玩意儿呢。因为，由人来测试人的能力，我告诉你，是很不简单的无礼。"

"没错。"

"只是说说罢了。总之是脑筋不好喽。我时常这般在此凝坐，望着眼前络绎走过的人流。初时却不能忍受，分明有这么多人，却没谁认识我，留意我。这么一想……不，你大可不必如此起劲附和，从一开始就是依你的心情在说。不过现在的我，对那种事已不在乎，反而很有快感，犹如清水从枕下潺潺流淌。不是断念，是王侯的欢喜。"他一口将甜酒喝干，然后突然把碾茶碗向我递来，"这茶碗上写着的文字——'白马骄不行'，明明可以不写。太矫情了，受不了。让给你吧。是我从浅草的古董店花高价买来的，寄放在这家店里，作为我专用的茶碗。我喜欢你的脸，瞳色很深，是我憧憬的眼睛。我若死了，你就用这个茶碗。我也许明天就死。"

从那以后，我们在那家酒馆屡屡碰头。马场一直没死。非但没死，还胖了些，苍黑的两颊像桃子一样胀鼓鼓地紧绷着。他称那是喝酒喝的，还小声补充说，身体照这么胖下去，就越发危险了。我跟他的关系日益要好。为何我不逃离这样的男人，反而变得亲密了呢？大概是因为相信了马场的天才？去年晚秋，一个名叫约瑟夫·西格提的生于布达佩斯的小提琴名家来到日本，在日比谷公会堂举行了三场演奏会，但每一场都很冷清。

这位孤高狷介的四十岁天才终于愤怒了，给东京朝日报投寄去一篇文章，痛斥日本人长了驴耳朵，但那般骂过日本听众之后，又加上一句"但要除开一名青年"，并像写诗的叠句一样，用括号括了起来。据说，当时乐坛都在悄悄议论"一名青年"究竟是谁，其实，那人就是马场。马场曾遇见约瑟夫·西格提，两人有过交谈。在日比谷公会堂的第三场蒙羞受辱的演奏会结束的当夜，马场在银座某著名啤酒馆深处角落里的盆栽后面，发现了西格提的红色大秃头。马场毫不犹豫，径直走到那位未得回报却故作满不在乎，一边浅笑一边舔啤酒的世界级名家的邻桌前，坐了下来。那晚，马场和西格提开始产生共鸣，两人将银座一丁目到八丁目的高级咖啡馆，一家接一家，仔仔细细地喝了个遍。账都是约瑟夫·西格提付的。西格提即便喝了酒仍彬彬有礼，黑色的蝴蝶结领带系得牢固端正，对女招待们始终连一个指头也没碰过。

"未经理智解剖过的演奏是无趣的。文学方面喜欢安德烈·纪德和托马斯·曼。"说完，他落寞似的咬着右手拇指的指甲。他将"纪德"发成"齐特"的音。天色大亮时分，两人在帝国酒店前庭的莲花池畔无力地握了握手，各自转过脸去匆匆作别，当天西格提从横滨搭乘加拿大女王号游轮前往美国，翌日，东京朝日报便刊登了那篇带有叠句的文章。然而，对于马场边讲边难为情似的频频眨眼，最后几乎变得不高兴了的这种光辉事迹，我是不敢信的。单说他是否具备能和异国人彻夜长谈的外语能力，我就很是怀疑。一旦怀疑起来就没个尽头，但他，究竟有怎样的音乐理论，作为小提琴手有多大本领，作为作曲家又是如何？连这些事，我都一无所知。马场偶尔会用左臂抱着漆黑发亮的小提琴盒走来走去，但盒中永远是空的。按他的话说，他的琴盒本身就是现代的象征，即便当中空虚得透着寒意。每当那时，我便甚至怀有古怪的怀疑，怀疑这个男人到底有没有一次曾拿起过小提琴。有鉴于此，我甚至没办法估量他的能耐，确定其天才是否可信，因此我被他吸引，一定还有别的原因。我也是那种比起小提琴更在意琴盒的类型，因此也觉得，比起马场的精神和本领，其风姿和玩笑更加迷人。他当真是屡屡换装出现在我面前的，除开各式各样的西服，他时而穿学生装，时而穿蓝领装，有时还以系角带穿白袜的打扮，害得我狼狈不堪，面红耳赤。据他浑若无事的小声自语，他之所以如此频繁换装，是因为不想给别人留下任何印象。忘记说了，马场的老家是东京市外的三鹰村下连雀，他每天都从那里来市内玩，一天不落，他老爹好像是地主还是什么，相当有钱，正因为那么有钱，才能换穿各种各样的衣服，或是尝试别的什么，这也不过是所谓地主家的儿子的奢侈其一罢了。这样想来，我似乎并非特别为其风采所吸引。是金钱的缘故吗？此话颇难启齿，但我俩出去游玩，账全是由他付的。他甚至不惜推开我也要自己付账。在友情和金钱之间，似乎有无比微妙的相互作用在不停地活动，而他的富裕状态在我多少添了几分魅力，这也是不争的事实。我也仿佛感到，马场同我的交往，也许从一开始就只不过是主人与家臣的关系，从头到尾，我都毕恭毕敬地被他牵着鼻子走。

啊，这似乎是不打自招了。总之那时的我，就如方才所说，过着金鱼粪一般的无意志的生活，仿佛金鱼一游动，我便也摇摇晃晃地跟着，肯定是在那种虚幻的状态下仍继续着同马场的交往，直到八十八夜①。奇怪的是，马场似乎对历法很敏感，时常喃喃自语一些在我听来不知所云的话，譬如刚刚还垂头丧气地说，今天是庚申，佛灭日，马上却又说今天是端午，国府祭。那天也是，我在上野公园的那家甜酒馆里，一边用全身感受着孕猫、嫩樱、飞雪似的落花、毛虫等风物酝酿出的晚春那温暖舒适的极盛氛围，一边独自喝着啤酒，却突然发觉，马场身穿华丽的绿西服，不知何时坐在了我身后。他仍是用他那低沉的声音，嘟囔了一句"今天是八十八夜"，马上又像难堪得受不了似的，霍然起身，两肩大大地晃了一晃。我俩笑着坚定了"为纪念八十八夜"这一无谓的决心，同去浅草喝酒，那晚，

①　日本杂节之一，从立春算起（即以立春之日为第一天）的第 88 天。——译者注

我一下子便对马场生出了难舍难分的亲昵感。浅草的酒馆喝了五六家。马场滔滔不绝地讲述普拉格博士①与日本乐坛的纷争，看他咬牙切齿的模样，似乎直欲一吐为快，又自言自语般地嘟囔说普拉格是个伟大的人及其所以伟大的理由。其间，我想见我的女人了，为此坐立不安，便引诱马场同行。我低声说去看幻灯吧，马场不知道幻灯，答应："好，好。"

"只今天我是前辈。既然是八十八夜，就带上你去吧。"我一面开着遮羞的玩笑，一面把仍在低声嘀咕着普拉格、普拉格的马场强行塞进了计程车。快点! 啊，越过这条大河的瞬间，那一如既往的心动。幻灯之街。那条街上，相似的小巷如蛛网般四通八达，小巷两侧房屋的约一尺长两尺宽的一扇扇小窗前，有年轻女子笑靥如花，一踏足这条街，肩上的沉重就会立时脱去，人会忘却自己的一切姿态，如同逃出生天的罪犯，美美地、安详地度过一夜。马场似是第一次来这条街，却表现得毫不惊讶，他一边步履悠闲地走在同我有点距离的地方，一边将两侧一扇扇小窗里的女子挨个端详。走进小巷穿出小巷拐过小巷抵达小巷后，我驻足轻戳了戳马场的腰窝低声告诉他，我喜欢这个女人。是的，从很早以前就喜欢。我的恋爱对象连眼也不眨

---

① 威廉·普拉格（Wilhelm Plage, 1888—1969），德国外交官，后在日本多所旧制高中教授德语。因就欧洲乐曲向日本广播电台索取高额使用费而引发纷争，史称"普拉格旋风"。——译者注

一下，只把小巧的下唇用力往左撇了撇。马场也停了下来，双臂依旧无力地垂着，头向前伸，仔细凝视着我的女人。不久，他回过头来，大声嚷道：

"哎呀，真像！太像了！"

我这才恍然大悟。

"不，比不过小菊。"我浑身僵硬，做出了奇怪的回应。用力过猛。

马场是一副略显狼狈的样子，说："没必要比较。"说完笑了，但马上又紧蹙眉头，"不，不能什么事物都拿来比较。比较根性是愚劣的。"他像是在说给自己听似的，慢慢地嘟囔着，晃晃荡荡地迈步前行。

第二天早上，我们在返程的计程车里，默然无语。是仿佛开口说一句话就会大打出手般的尴尬。当计程车混入浅草的人山人海，我们才终于感到了普通人的轻松，这时马场认真地轻声开口了。

"昨晚，女人是这么告诉我的。她说，我们这些人，并不像旁人看来那么轻松。"

我努力夸张地冲他大笑。马场一反常态地微笑，轻拍了拍我的肩膀，说："那是日本最棒的一条街。大家都昂首挺胸地活着，并不以为是可耻的。真叫人吃惊。她们每天都活得很充实。"

从那以后，我跟马场熟稔起来，拿他当亲人一样撒娇，甚至觉得有生以来第一次交到了朋友。正当此时，我失去了恋爱对象。因为是以难以启齿的、连自己都觉得不像话的形式，被女人离我而去的，所以我也有了点名气，最后甚至被冠以"佐野次郎"这个无聊的名字。因为是现在，才能以这种满不在乎的语气讲述，而当时，岂止是笑料，我都想去死了。幻灯街的病也没好，随时可能变成残废。人为何非得活着？我不得其解。不久进入暑假，我回到离东京约八百千米远的本州北端山中的老家，整日躺在院中栗子树下的藤椅上，每天抽七十支烟，过得稀里糊涂。马场寄来了信。

致佐野次郎左卫门阁下：

唯死一事，可否少待？为了我。你若自杀，我会暗自陶醉，以为："啊，是故意跟我怄气。"倘若这也无妨，那你就去死吧。我也曾——不，是现在仍然——对生活不抱热情，但我不会自杀。我讨厌被别人白捡便宜自我陶醉。我在等待疾病和灾难，可现下，我的疾病仅是牙痛和痔疮，不会致死，灾难也迟迟不来。我将房间的窗户彻夜敞开，等待盗贼来袭，想着就让他杀个人好了，可是从窗户偷偷溜进来的，是飞蛾、带翅的蚂蚁和独角仙，还有百万蚊军。（君曰：啊，和我一模一样！）

你，不一起出书吗？我想出本书，把债务全还清，然后连续睡上三天三夜。所谓债务，就是上不着天下不着地的我的肉体。我的胸口开着个黑黢黢的债务空洞，出了书也许会令这个无底洞越来越深，但那样也好。总之，我想让自己下得了台。书名曰："海贼。"有关具体事宜，我打算和你商量后再决定，但我的计划，是想办成出口型的杂志。对象就找法国好了。既然你看样子确实具备出类拔萃的外语能力，那就把我们写的原稿译成法语吧。给安德烈·纪德送去一本，由他点评。啊，可以和瓦雷里直接争论。让那个像是睡着了的普鲁斯特狼狈一下吧。（君曰：很遗憾，普鲁斯特已经死了。）谷克多还活着呢。我告诉你，要是拉迪盖还活着就好了。要不要给德科布拉老师也送上一本让他高兴一下，怪可怜的。

这样的空想不快乐吗？而且实现起来并不如何困难。（一写，文字就干巴巴的。书信体这种特异的文体，既非叙述，亦非对话，也不是描写，尽管实在不可思议，却是完全独立的诡异文体。不，我说了蠢话。）根据昨晚通宵计算的结果，花三百元，就能出一本极好的书。如此，则即便仅我一人，似乎也能设法办成。你写诗让保尔·福尔读就行。我现下正在构思由四个乐章组成的名为"海贼之歌"的交响曲。倘若完成，就在这本杂志上发表，无论如何也要让拉威尔狼狈不堪。再说一遍，实现起来并不困难。只要有钱，就能做到。不能实现的理由，有什么呢？你也最好用华丽的空想尽量鼓起胸膛，如何？（书信这东西，为何最后必须要祝人健康呢？这世上有一种灵异故事，说一个男人脑筋不好，文笔粗劣，说话笨拙，唯独写信相当高明。）话说回来，我的信写得好吗？还是不好？再见。

下面是题外话，刚才稍微浮上心头，所以就写下来。古老的问题——"'知道'是幸福吗？"

马场数马

二 海贼

看过拿波里

再去死！

"Pirate"一词，似乎也被用来指代著作的剽窃者，那样也没关系吗？我刚说完，马场当即回答："这样更有意思。"*Le Pirate*——杂志名姑且定下了。同马拉美和魏尔伦有关的 *La Basoche*，维尔哈伦一派的 *La Jeune Belgique*，此外 *La Semaine*、*Le Type*，皆是异国艺苑里盛开的鲜红玫瑰，是昔日的青年艺术家们向世界呼吁的机关杂志。啊，我们也是。暑假结束后仓皇来到东京，马场的海贼热越发高涨，不久我也感染了，我俩只要一靠近、接触，就会谈论关于 *Le Pirate* 的华丽空想……不不，是具体计划。春、夏、秋、冬，一年要发行四次。八开本六十页，全部用铜版纸。俱乐部成员一律穿海贼制服，胸前必饰以季节之花。俱乐部成员之间的暗号，有很多：

"一切皆勿发誓。"

"何谓幸福？"

"勿行审判。"

"看过拿波里再去死！"

…………

同伴必须是二十多岁的美青年，要有卓越的一技之长。效仿 *The Yellow Book* ①的故智，发现能匹敌比亚兹莱的天才画家，让其不断为我们的杂志画插画。不靠什么国际文化振兴会，就用我们的双手向异国宣告我们的艺术吧。至于资金，预定由马场出二百元，我出一百元，再让其他同伴出大约二百元。至于同伴，马场的安排，是先把一个算是他亲戚的叫佐竹六郎的东京美术学校学生介绍给我。

当日，我按照和马场的约定，于午后四时许，来到上野公园的小菊的甜酒馆，见马场着一身藏青地碎白花纹的单衣配小仓裙裤②，以这种维新风格的打扮，坐在铺着红毛毡的长板凳上等我。在马场脚边，团身蹲着腰系鲜红的麻叶花纹束带、头戴白花簪子的小菊，手里端着侍者的漆盆，就那么定定地仰望着马场的脸。马场那苍黑的脸被微弱的夕照映得发亮，暮霭朦胧，笼罩在两人身周，形成有点古怪的、散发出狐狸气味的风景。

我走近，朝马场打了声招呼，小菊"啊"地轻声惊呼，跳了起来，回头露出皓齿向我问好，丰润的脸颊却眼瞅着变红了。我

---

① 即《黄面志》，1894—1987 年出版的一个文艺季刊，艺术主编奥伯利·比亚兹莱是英国唯美派重要画家，其作品颇具颓废色彩。——译者注
② 以"小仓织"工艺制成的和服裙裤。——译者注

也有点慌张，不假思索便脱口而出："我是不是来得不凑巧？"小菊瞬间神情一变，用莫名认真的眼神盯着我，又立刻背转过身，以盆遮面跑进店后头去了。感觉像是在看一个无关紧要的木偶的动作，我一面暗自诧异，一面若无其事地目送她的背影，刚在长板凳上坐下，马场便皮笑肉不笑地说道：

"深信不疑。果然不错啊，她那种样子。"

"白马骄不行"的碾茶碗或许终归是因矫情之故，早已被他弃用，眼下和普通客人一样用的是店里的青瓷茶碗。他呷了一口粗茶，"她见我这邋遢胡子，就问过多少天才会长到这么长？我一本正经地告诉她：'两天左右就会变成这样。你看，请凝神观察。胡须的缓慢生长，甚至用肉眼就看得出来。'她可不就默默地蹲下来用盘子般的大眼珠目不转睛地盯着我的下巴喽。吓了我一跳。你说，她是因无知而相信，还是因聪明才相信？就以'相信'为题写一篇小说好了。A相信B，继而C、D、E、F、G、H及其他众多人物陆续登场，想尽各种办法要中伤B……然后……A依然相信B。深信不疑，十分放心。A是女的，B是男的，真是无聊的小说啊。哈哈！"他异常兴奋。

我想，必须马上让他明白，现在只是他说什么我就听什么，对他的心思我可未加任何忖度，于是——

"那小说好像很有趣。不如写写看？"

我尽量用心无旁骛似的语气说着，心不在焉地望着前方西乡隆盛的铜像。马场仿佛松了口气，顺利地恢复成平时怏怏不乐的神情。

"可是……我不会写小说。你是喜欢灵异故事的性子吧？"

"是的，我喜欢。灵异故事似乎是最能刺激我的空想力的。"

"这种灵异故事怎么样？"马场舔了舔下唇，"所谓知性至极，确实存在。那是令人毛骨悚然的无间地狱，一个人只要稍稍瞥上一眼，就一句话都说不出来，便是想诉诸笔端，也只能在稿纸的角落里涂画些诸如自己的肖像画，一个字也写不出来。尽管如此，那人却暗中计划写一篇惊世骇俗的小说。一旦有了计划，全世界的小说突然变得无聊扫兴起来。那真的是一篇可怕的小说。譬如，有的人把帽子靠后戴也心烦，靠前戴也意乱，索性脱下来一看，却更觉怪异，对于此类人在何处获得自己的定位这种自我意识过剩的统一问题，这篇小说也给出了落子无悔般的清爽的解决。清爽的解决？并非如此。无风。雕花玻璃。白骨。是那种分外清澈的解决。不，并非如此。没有任何形容词，只是'解决'。那样的小说确实存在。然而，人一旦计划写这篇小说，从当天就会眼看着消瘦衰弱下去，最终不是发狂就是自杀，或者变成哑巴。你想，听说拉迪盖就是自杀的，据说谷克多也快疯了，整天净吸鸦片，瓦雷里在十年间成了哑巴。围绕这区区一篇小说，一时间连日本也出现了相当悲惨的牺牲者。我告诉你，现在……"

"喂，喂。"嘶哑的叫声打断了马场的故事。我吃了一惊，回头一看，只见马场的右手边静静地站着一个身着钴蓝色学生服、个头极矮的小伙子。

　　"你太慢了。"马场的语气显得怒冲冲的，"喂，这个帝大生就是佐野次郎左卫门。这家伙是佐竹六郎，就是那个画画儿的。"

　　佐竹和我一面苦笑一面轻轻地以目致意。佐竹的脸犹如全无肌理和毛孔的、被打磨得亮光光的乳白色能乐面具，瞳孔焦点不定，眼珠好似玻璃制成的，鼻子如象牙雕刻般冷峻，鼻梁像利剑一样锋锐，眉毛似柳叶般细长，薄薄的嘴唇红若草莓。比起那样绚烂的面貌，其四肢的贫弱又是惊人之至。身高不足五尺，瘦小的双掌让我想到蜥蜴的爪子。佐竹站在原地，用老人般缺乏生气的低弱声音和我说话。

　　"你的事我听马场说过。真倒霉啊！我倒是觉得你挺能干的。"

　　我勃然大怒，重新看了看佐竹那张白得刺眼的脸。像面具一样死板。

　　马场大声咂嘴："喂，佐竹，别嘲弄人。满不在乎地嘲弄别人，是卑劣心境的证据。要骂的话，就好好骂。"

　　"我才没嘲弄他呢。"佐竹静静地回应，从胸前口袋里取出紫色手帕，缓缓地擦拭脖子周围的汗。

"唉。"马场叹了口气，躺倒在长板凳上，"你不在对话的句尾加上啊、啦、呢就不会说话吗？这些句尾的感叹词之类的东西，千万给我打住。好像粘在皮肤上一样，受不了。"

我也有同感。

佐竹一面仔细地叠好手帕塞回胸前口袋，一面与己无关似的嘟囔道："接下来是不是要说我长着牵牛花一样的脸蛋呢？"

马场悄然起身，略微抬高声音，道："我不想和你在这里拌嘴，因为我们的对话都是将某个第三者计算在内的。对吧？"好像有什么我不知道的细情。

佐竹露出青白似陶器的牙齿，冷笑道："看来你找我的事已经办完了？"

"没错。"马场故意一面看向一旁，一面实实在在地打了个哈欠。

"那么，我要告辞了哟。"佐竹小声地嘟囔着，久久地凝视金壳手表，若有所思，"去日比谷听新响①。近卫最近也擅长做生意了呢。我的邻座总是坐着外国的大小姐呢。最近那就是我的乐子呀！"说完，他以老鼠般的轻盈一溜小跑而去。

"啧！小菊，拿啤酒来。你的美男子回去了。佐野次郎，你不喝吗？我真是找来个无聊的家伙入了伙。那小子呀，就是个

---

① 1926 年在日本放送协会的援助下于东京创立的新交响乐团的略称。——译者注

海葵。和那种人吵架，再怎么拼尽全力，也是我输。他不做丝毫抵抗，只会紧紧地黏附在我打过去的手上跟过来。"他突然很认真似的压低声音，"那家伙，曾毫不在乎地握紧小菊的手哟！那样脾性的男人，连别人的老婆也能轻易弄到手。我想他会不会是阳痿呢？得了吧，只是名义上的亲戚，和我绝无任何血缘关系……我不想在小菊面前与他争辩。较劲斗气，顶讨厌了……我告诉你，一想到佐竹的自尊心之强，我总是毛骨悚然。"他握着啤酒杯，深深地叹了口气，"不过，唯独那家伙的画是不得不认可的。"

我一直心不在焉，俯视着渐渐变暗而被各色灯火点缀的上野大道的熙攘景象。于是，马场的自言自语在我听来便是陷入了相隔千里万里之远的无聊的感伤中——只是"东京啊"这区区一句话的感伤里。

然而，又过了五六天，我在报上读到上野动物园新购入一对貘夫妇的消息，突然想看看貘，就在学校的授课结束后，去了动物园，却见到了正坐在水禽的伞状大铁笼旁的长椅上往素描簿上画着什么的佐竹。我无奈只好走到近前，轻拍了拍他的肩膀。

"啊！"他轻哼了一声，缓缓地扭脸朝向我，"是你啊，吓了我一跳。坐这儿吧。现在我得抓紧把这件工作干完，在那之前，请稍等一下吧。我有话和你说。"他用异常疏远的口吻说着，重新拿起铅笔，又全神贯注地画起素描来。

　　我站在他身后迟疑了会儿，终于下定决心在长椅上坐了下来，偷瞄了一眼佐竹的素描簿。佐竹似乎立刻便有所察觉，一边低声对我说他在画鹈鹕，一边用潦草得可怕的线条迅速描画下鹈鹕的种种姿态。

　　"有个人买我的素描，以一幅约二十元的价格，无论多少张都肯买下。"他自顾自地冷笑，"我讨厌像马场那样胡说八道呢。荒城之月的事他还没说吗？"

　　"荒城之月？"我不明就里。

　　"那就是还没说喽。"他在纸面一隅大大地画下一只背对着的鹈鹕，"马场曾以泷廉太郎的化名作了《荒城之月》这支曲子，并将一切权利以三千元卖给了山田耕筰。"

　　"你说的，就是那首著名的《荒城之月》？"我的心怦怦直跳。

　　"骗人的啦！"一阵风哗啦哗啦地掀动素描簿，隐约露出裸妇和花的草图，"马场说瞎话可是出了名的哟，且又很巧妙呢。无论是谁，一开始都会上当。约瑟夫·西格提还没说吗？"

　　"那个听过了。"我感到很悲伤。

　　"是带叠句的文章吗？"他兴味索然似的说着，啪的一声合上了素描簿，"久等了。随便走走吧。我有话和你说。"

　　今天放弃去看貘夫妇吧，让我竖起耳朵听一听佐竹这个在我看来远比貘更奇怪的男人会说些什么。过了水禽的伞状大铁笼，从海狗的水槽前经过，来到小山般巨大的棕熊的笼子前方，佐竹开口了。那是仿佛以前曾说过无数遍因而极流畅的背书口吻，倘若写成文章，当也是些看似激烈的词句，但实际上，他只是用惯常沙哑低沉的声音流利地一念而过罢了。

"马场完全不行。天底下有不懂音乐的音乐家吗？我从没听过那家伙谈论音乐，没见过他拿小提琴。作曲？连音符能否看懂都难说。马场的家人，都被他弄哭了。连他究竟有没有上音乐学校，都不清楚。以前呀，就他那样，也曾想当小说家而学习过呢。据说书看得太多，结果什么也写不出来了。真是荒唐。近来，他似乎又记住了一个词叫自我意识过剩还是什么，不知羞耻地到处宣扬。尽管我无法用复杂的语言来形容，但我以为，所谓自我意识过剩，即是譬如，道路两侧有数百个女学生排着长队，我偶然路过那里，本该只身一人大摇大摆地行经其间，却不料一举手一投足，竟统统变得笨拙起来，彻底不知视线该投向何处脖子该摆在哪里，慌张不堪，就是那种情况下的心态。但若果真如此，自我意识过剩这东西，实在是寸步难行般的痛苦，像马场那样耍嘴皮子胡说八道自然应该是做不到的……最重要的是，他居然还有那飘飘然的闲心想办杂志，岂不奇怪！海贼。什么海贼，也太沾沾自喜了吧。你呀，一旦太过相信马场，以后就麻烦了。对此我可以明确地做出预言。我的预言很准的。"

"可是……"

"可是？"

"我相信马场。"

"哦，这样啊。"对于我竭尽全力说出的话，佐竹却面无表情置若罔闻，"这次杂志的事，我是完完全全不信的。还叫我出五十元，简直荒唐。他只是想闹腾一番罢了，一点诚意也没有。你或许还不知道，后天，马场和我，还有马场在音乐学校的某个前辈的介绍下认识的应该是叫太宰治的年轻作家，我们三人要一起去你的宿舍拜访呢，说是要在你那里决定杂志的最终计划。如何？我们到时候，不如尽量做出兴味索然的表情，然后给商议泼冷水吧。无论办出多么出色的杂志，世人都不会把我们当回事。不管走到哪一步，最后都会半途而废。我就算不当比亚兹莱，也一向是无所谓的。拼命画画儿，卖出高价，用来玩乐，这样足矣。"

说完这番话，是在豹猫的笼子前。豹猫的蓝眼闪闪发亮，弓起脊背盯着我们。佐竹静静地伸出手臂，将吸了一半的燃着的烟头对准豹猫的鼻子摁了上去。而且，佐竹的姿态是岩石一样的自然。

三　登龙门

过了此处，即是

一只二钱蝼螺乎？

"总觉得……这杂志听起来很荒唐啊！"

"不会，就是普通的小册子。"

"这种话答得真快。你的事我时有耳闻，相当了解。听说是要让纪德和瓦雷里都哑口无言的杂志。"

"你是来嘲笑我的吗？"

我去趟楼下的工夫，马场和太宰似乎就已吵了起来。我从楼下拿来茶具走进房间，只见马场托着腮坐在房间一隅的桌前，坐相难看，那个姓太宰的男人则与马场呈对角线，背靠对面的另一隅的墙壁而坐，把两条细长多毛的小腿撂在地上伸向前方，两人困倦似的半闭着眼，语气是懒洋洋、慢吞吞的，眼角眉间和话里话外却是因恚忿和杀意而气炸了肺似的，如同幼蛇的芯子般熊熊燃烧着，甚至连我都能轻易察知，二人正在展开相当凶险的论战。佐竹在太宰身旁躺了很久，一副百无聊赖的模样，眼珠滴溜乱转地抽着烟。从一开始就行不通。那天早上，我还在睡觉，马场就闯入我寄宿的房间。他规规矩矩地穿着学生服，并且披着一件臃肿的黄色雨衣。雨衣被雨淋湿了也不脱，他就绕着屋子急匆匆地团团乱转起来，边走边自言自语般地嘟囔。

"喂，喂。起来。我好像神经衰弱得厉害。雨下得这么大，我肯定会疯掉。光是《海贼》的空想就会让我变得消瘦。喂，起来。就在前几天，我遇见了一个叫太宰治的男人。我学校的前辈说他小说写得很出色很高明，所以介绍给我……一切都是宿命。我决定拉他入伙了。我告诉你，太宰这人，真是个讨厌得可怕的家伙。没错。真是个，讨厌的，家伙。太可恶了。我和那种人似乎在肉体上有不相容的因素。他顶着个光头，而且我告诉你，是那种意味深长般的光头。真是低级趣味啊。没错，没错。那家伙是依趣味打扮全身的。所谓小说家，都是像他那种人吗？把思索、学究和热情忘到哪里去了？是不折不扣、彻头彻尾的戏作之人。一张苍黑发亮的大油脸，鼻子是——你不知道，在雷尼埃①的小说里我曾见过——那种岌岌可危的鼻子。可谓千钧一发，险险就要沦落成蒜头鼻，好在鼻子两侧深深的皱纹帮了大忙。真是的。雷尼埃说得真好。眉毛又粗又短而且乌黑，浓密得甚至要将局促不安的两只小眼睛都遮住了。额头极窄，两道横纹清楚地刻在上面，委实不成样子。脖子很粗，颈后的发际显得十分笨重，我还在其颈下发现了多达三个

---

① 雷尼埃（1864—1936），法国后期象征主义诗人，1912年当选为法兰西学院院士。——译者注

红色小脓包的痕迹。据我目测，身高有五尺七寸，体重为十五贯，袜子是十一文①，年龄绝不超过三十。噢，重要的事忘记说了。他背佝偻得厉害，完全就是罗锅儿——你稍微闭上眼想象一下那种人的样子。然而，这是假的。完全是骗人的。大骗子。是他装出来的。肯定是装的。从头到尾都是假象。我瞪大的双眼不会看错。胡子长得到处都是，杂乱邋遢。不，那家伙不可能邋遢，任何情况下都不可能。是故意蓄的胡子。啊，我到底是在说谁啊！你看，我若不一一解释现在正这样做、那样做，就连一根指头也动不了，咳嗽一声都做不到。真讨厌！那家伙的本来面貌，是没有眼睛、嘴巴、眉毛的妖怪。画上眉毛贴上眼鼻，就装作若无其事。而且我告诉你，他把那当成了技艺。啧！我第一次瞥见那家伙时，感觉就像被蒟蒻的舌头舔在脸上似的。仔细想想，召集来的尽是些不得了的伙伴呢。佐竹、太宰、佐野次郎、马场，哈哈，这四个人，哪怕只是默不作声站成一排，也是历史性的。是了！我要做。一切都是宿命。讨厌的同伴不也可以助兴吗？我要当作自己的生命只剩今年一年，在 *Le Pirate* 上赌上我全部的命运。是变成乞丐，还是成为拜伦？神将赐我五便士。佐竹的阴谋吃屎去吧！"突然压低声音，

---

① 尺、寸、贯、文均为日本旧制度量单位。1尺约合30.3厘米，1寸约合3.03厘米，1贯约合3.75千克。"文"是用江户时代的一文钱（宽永通宝）从脚跟后端排列到脚趾前端，以所用钱币数量来度量脚的长度，1文合24毫米。——译者注

"喂，起来啦。卸下挡雨门板吧，大家马上就要到了。今天我想在这个房间里商量一下《海贼》的事。"

我为马场的兴奋所诱，心神开始不定，遂踢开被子爬起身，和马场咯吱咯吱地撬开了快要腐烂的挡雨门板。本乡街上的一个个屋顶在雨中变得朦胧。

中午，佐竹来了。他没披雨衣也没戴帽子，只穿了天鹅绒长裤和淡蓝毛线衫，脸被雨淋湿了，双颊不可思议地像月亮一样泛着青光。这夜光虫一声招呼也没打，像要融化似的在房间角落里软绵绵地躺了下去。

"原谅我吧，我累了。"

紧接着太宰打开拉门慢吞吞地出现了。看了他一眼，我便惊慌失措地移开视线。我想这下糟了。他的风貌，同我基于马场的形容所描绘出的好坏两个影像中的坏的那个分毫不差地重合在了一起。而且更糟的是，当时太宰的衣着，不正是马场素来最嫌恶的那一种吗？华丽的大岛碎白条花纹夹衣、扎染的兵儿带①、粗格子条纹的鸭舌帽，浅黄纺绸的长衬衣的下摆时隐时现，他稍稍拎起下摆坐了下来，却装作在眺望窗外的景色。

他用女人般的尖细声音说了句"雨落尘世间"，然后回头看向我们，把一对混浊不堪的红眼细细地眯成一条线，冲我们露

---

① 男人或小孩系用的以整条布折成的腰带。——译者注

出笑容，整张脸上满是褶皱。我飞奔出房间去楼下取茶。拿着茶具和铁壶回到房间，发现马场和太宰已经争论起来了。

太宰将双手交叉垫在光头后面，道："话怎么说都行。你是真心想做吗？"

"做什么？"

"杂志啊。要做的话一起做也可以。"

"你到底是来干啥的？"

"这个嘛……被风吹来的。"

"先说好，别的都行，但说教、警句、玩笑，还有你那一脸冷笑就算了吧。"

"那我倒要问你，你为什么叫我来？"

"你是随叫必来不成？"

"嗯，没错。我告诉自己非如此不可。"

"人类营生的义务。此乃首要，是吧？"

"随你怎么说。"

"哎呀，你可真是掌握了奇特的措辞呢。闹别扭了。'啊，抱歉。我岂会和你成为伙伴！'——我若如此断言，倒是你，立马就会把我画成讽刺画。我可受不了哦。"

"你我本就是讽刺画。既非画成讽刺画，亦非变成讽刺画。"

"我在。你仿佛是提着大睾丸说，喂，这东西你要怎么办？就是那种感觉。真伤脑筋啊！"

"也许我这样讲有些过分，但你的话简直语无伦次。你是出什么事了吗？总觉得，你们只知道艺术家的传记，对艺术家的工作完全不了解。"

"这算是非难吗？抑或是在发表你的研究成果？是答案？你是要我打分吗？"

"……是中伤。"

"那我告诉你，语无伦次正是我的特质。是罕见的特质。"

"你简直是语无伦次的招牌。"

"这就涉及怀疑说的破绽了。啊，打住。我可不喜欢对口相声。"

"你似乎并不了解把自己精心创作的作品暴露于市场之后的那种椎心般的悲痛，不了解拜完五谷神之后的那种空虚。你们，只不过刚钻过一座牌坊而已。"

"啧！又来说教吗？我虽没读过你的小说，但我觉得，若将抒情性、机智、幽默、警句、虚张声势这些东西除去，你写的就是什么也剩不下的无聊的诙谐小说。我从你身上感受不到精神，只感觉到世故；感受不到艺术家的气质，只感觉到人类的胃腑。"

"我知道。但是，我必须生存下去。我甚至觉得，口称'拜托'低头恳求，那也是艺术家的作品。我现下正在考虑如何处世。我并非出于兴趣才写小说。倘若有着不错的身份，只因爱好而写，我从一开始就什么都不会去写。我知道，只要动笔大致就能写得很好，但在动笔之前，我会从四面八方观察，看看为何好像直到现在才有动笔去写的价值，然后得出'算了，算了，用不着大张旗鼓地写出来'的结论，最后便什么也不做。"

"你既然是这种心态，怎么还说要和我们一起做杂志呢？"

"这回是打算研究我了吗？因为我想愤怒了。什么都行，想听到呐喊了。"

"啊，我懂。也就是说，你想拿着盾牌打扮一下。可是……唉，我只能背过身去连看也不敢看。"

"我喜欢你。像我这样的人，也还没有自己的盾牌，都是向别人借的。无论多么破烂，要是有自己专用的盾牌就好了。"

"有啊。"我忍不住插嘴，"仿制品！"

"没错。这在佐野次郎可谓表现出色，一生只有一次哦，这可是。太宰先生，假胡子图案的镀银盾牌似乎很适合你哟。不，太宰先生已经满不在乎地架好那盾牌了，只有我们是光溜溜的。"

"虽然听起来好像有些奇怪，但你觉得光溜溜的野草莓和盛装打扮的市场上的草莓哪一个更值得夸耀？所谓登龙门，实则是将人径直送入市场外面那似菩萨的地狱之门，但我知道盛装打扮的草莓的悲哀。而且最近，我开始觉出它的尊贵了。我不会逃避，带我到哪儿我都会跟去看看。"他咧着嘴笑得似很痛苦，"用不了多久，你醒来一看……"

"哎呀别说那个。"马场把右手在鼻尖前无力地挥了挥，打断太宰的话，"一旦醒来，我们就活不下去了。喂，佐野次郎，算了吧，没意思。尽管对不住你，我放弃了。我不想变成别人的食物，供太宰吃的油炸豆腐还是去别处找找吧。太宰先生，海贼俱乐部即日解散。取而代之的是——"他站起身，径直走向太宰，"怪物！"

太宰右脸挨了一巴掌。声音响亮。太宰瞬间像个小孩子似的咧嘴欲哭，但立刻，他又紧紧闭起紫黑的嘴唇，傲然昂首。突然，我喜欢上了太宰的那张脸。佐竹双目轻阖，假装已睡着了。

雨下到晚上也没停。我和马场两个人，在本乡的一家昏暗的杂煮店里喝酒。起初，我俩都像死人一样默饮不语，过了约两个钟头，马场终于开口了。

"佐竹肯定已把太宰拉拢过去了，到宿舍门口他俩都是一起来的。这种事他做得出。你，我是知道的。佐竹没有偷偷跟你商量过什么吗？"

"有。"我为马场斟上了酒，我想设法安慰他。

"佐竹想从我这里夺走你。没什么理由。那家伙，有一颗奇怪的复仇心，比我了不起。不，我不太清楚……不，说不定，也许是个毫无特别之处的俗人。没错，那样的人会被世人称作普通人吧。但是，算了。放弃做杂志，心里痛快了。今晚，我要睡他个高枕无忧！而且，我告诉你，我最近说不定会被家里断绝关系哦。一朝醒来，我已是无依无靠的乞丐之身。杂志什么的，从一开始，我就没打算做。因为喜欢你，因为不想离开你，我才不惜以海贼为借口。你胸中充满对海贼的幻想，说出种种计划时的湿润的眼眸，才是我生存的意义。我想我正是为了看见这双眼眸才活到了今天。我觉得，我像是从你身上学会并首次知晓了什么是真正的爱情。你是透明的、纯粹的。何况——是美少年！我仿佛从你的眼瞳里看见了灵活性的极致。没错。窥见了知性井底的人，不是我也不是太宰也不是佐竹，而是你！没想到是你。喷！我为何这般喋喋不休呢。轻薄，狂躁。'真正的爱情是到死都保持沉默的。'——小菊那家伙曾这么告诉我。我告诉你，大新闻。真没办法，小菊迷恋上你了。'对佐野次郎先生，死都不会讲的。我喜欢他喜欢得要死。'她说着这种自相矛盾的话，把一瓶汽水浇在我头上，发疯般地嘎嘎怪笑。对了，你最喜欢谁？喜欢太宰？欸，佐竹吗？怎么可能，是吧？还是，我？"

"我……"我想干脆一吐为快，"哪个都讨厌，只喜欢小菊。感觉比起河对面的女人，我是先看见并认识了小菊的。"

"算了，算了。"马场这般嘟囔着露出微笑，却突然用左手一把捂住脸，呜咽起来，并以一种戏剧台词般的有节奏的语调说，"我告诉你，我不是在哭。是装哭，是假泪。可恶！大家不妨这么说我笑我。我从出生到临死一直演狂言戏。我是幽灵。啊，别忘了我！

"我是有才华的。《荒城之月》的作曲者，是谁？有人说泷廉太郎不是我。一定要怀疑别人到那种地步吗？说是谎言那就算是谎言好了……不，不是谎言。正确的事情必须正确地一口咬定。绝对不是谎言。"

我蹒跚着独自来到外面。雨一直下。雨落尘世间。啊，这不是方才太宰嘟囔的话吗？是的，我累了。原谅我。啊！照佐竹学舌了。啧！啊啊啊，好像连呷嘴的声音都像起马场来了。不久，我陷入了一种荒凉的疑惑。我究竟是谁？这念头令我不寒而栗。我的影子被偷了。什么叫，灵活性的极致！我开始一路笔直飞奔。牙医店、鸟店、糖炒栗子店、面包店、花店、行道树、旧书店、洋房。我发现自己一边跑一边还在嘟囔着什么。——跑吧，电车。跑吧，佐野次郎。跑吧，电车。跑吧，佐野次郎。配上乱七八糟的调子反复唱个不停。啊，这是我的创作，是我创作出的唯一的诗。多没出息！脑子笨所以不行，没出息所以不行。灯光。轰鸣。星星。叶子。信号。风。啊！

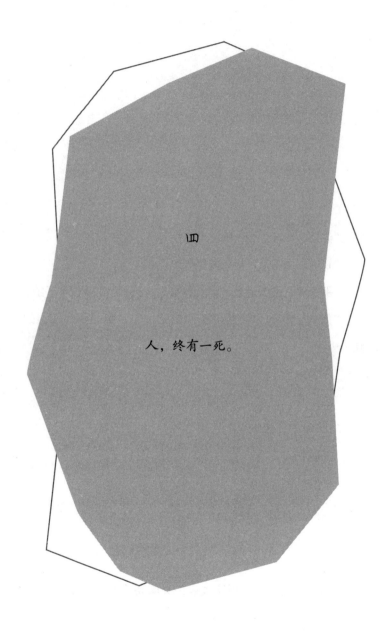

四

人，终有一死。

"佐竹，昨晚佐野次郎被电车撞死了，你知道吗？"

"知道。今早从广播新闻里听说了。"

"那家伙，撞大运遭了难。不像我，若不上吊就没个了结。"

"如此一来，你会是最长寿的吧。嘿，我的预言很准的。喂……"

"怎么？"

"这里有二百元。鹈鹕的画卖得不错。原本是想和佐野次郎去玩才拼命凑了这么多。"

"交给我。"

"可以。"

"小菊，佐野次郎已经死了。嗯，不在了，去哪儿都找不到了，别哭。"

"是。"

"给你一百元吧。用这些钱去买漂亮的衣服和腰带，就一定能忘掉佐野次郎。水因器而形。喂、喂，佐竹。就今晚，咱俩和和气气地去玩吧。我带你去个好地方，是日本最痛快的地方……像这样彼此都活着，总觉得，还挺令人怀念的呢。"

"人，终有一死。"

创
生
记

爱是予取予求①

---

① 出自日本著名作家有岛武郎。——译者注

"太宰总是耽溺在病人的感觉里，仿佛已将高迈的精神忘却，这种水族馆里的青鳉鱼似的片假名，难读得要命。"佐藤①大爷，话说得愤愤然，实则心下暗喜，"让我瞧瞧，"重新戴上眼镜，"嗯，写的是啥？……据说，海底有身穿蓝裙裤的女学生，坐在海带森林中的岩石上思考。没错，真的，是妇女杂志上的潜水员们的座谈会。据说还有溺死者，也在各自沉思，姿态万千，身穿白浴衣的叔父，怀里揣满石头，大模大样地盘坐在海底沙地上，耀武扬威。据说一打开沉船的舱门，就有五个死人从里头走出来。而河里的溺死者，据说则是立住了的，男人定是向前低垂着头，女人也定是挺胸昂首，仰面朝天，脚下只与河底的沙砾微微接触，挺立在足尖上，仿佛正踩着水流碎步行走，其中一个椭圆发髻高耸不乱的女人，怀抱橡皮人偶，抓来一瞧，是个婴儿，口含乳头正

---

① 指时任芥川奖评委的佐藤春夫。——译者注

睡着呢。"

　　到这里，写不下去了。关于后文，我思考过，比海带森林中的女学生还要更安静地思考过。想了四十来天。一天又一天，文思泛滥，无论写什么，无论写得多么不端，无论写得多么谄媚，文句都不算太差，大致是成形的，好歹已具备小说佳作的模样，这很危险。萎靡。打，则必是安打；跑，则必是十秒四，不是十秒三，也不是十秒五。所谓萎靡，便是如此，像激情尽消的白日下的倦怠，像真空管里的失重的羽毛，实在受不了。我每时每刻的姿态，笑了，怒了，厄运熊熊燃烧的脸颊，狼吞虎咽吃玉米，独自垂头抽泣，全记下来，为了以后的弱小而温暖的年轻人，不去怀疑那些文字应是宝贵的，那里便是，萎靡的根源。[1]

　　够了。太宰，务必适可而止吧。

　　过善症。

　　突然生出写作欲望的早晨，总会来的。等到那天。十年，不晚。

---

[1]　以上太宰治使用了不易阅读的片假名并加以注音。——译者注

048

不失去他。（关于石坂洋次郎的近作）

今早，六点钟，读了林房雄的一篇文章，自知不免沉沦其中了。几许悲痛以及决断，将那篇小论的字里行间冲洗得异常清洁。此实为文坛四五年来未有之事。既是好文章，年轻的真实读者，当即起立，献上热烈得教人吃不消的握手。"诚挚地为你干杯，好痛！"

石坂是没用的作家。葛西善藏老师说是写着玩，却一直苦思焦虑。自此以后，十度春秋，日夜辗转，望鞭影即自走，行九狂一拜之精进，若能从事可一扫老师所忧之工作，我，夫复何言，唯有高声道句"谢谢"，致上明朗、肃然之谢辞。然而，此时的你，却写着很失礼的小说。被逐离家乡，于暴风雪中，妻儿和我，三人紧紧相拥，前路未卜，踉跄彷徨，成为众人蔑视之的，诚实、胆怯、含羞之徒，我的百样美德，无一可以道之，在高圆寺徘徊，饮着咖啡，凝视明日不明的生命，叹息，别无他法，想想这万名青年吧。我不是在提倡贫苦。这一万个正直且愚蠢，连怀疑都不知的弱小善良的人，敬畏你，对你写满五百页稿纸的精进，惊得犹如魂飞魄散，跃身而起，一边磨磨蹭蹭地系上兵儿带一边匆匆奔向书店，像偷拿老婆的私房钱买手枪一样心潮激荡，一读，呜咽，三叹，直欲舍去无趣、污秽之皮囊，以头抢地，啊，独独你的身姿灿然，向日葵，石坂君，你是笑不成鹤见佑辅的。只是理解，没有生命。

悄然现身，像苍蝇拍似的，啪地一击，不容分说。五百页稿纸。良心。看看吧，如手持匕首窥伺复仇般的小家子气的精进，愚蠢，丢掉吧。岛崎藤村，岛木健作，抛弃外出务工者的习性吧。扛着袋子衣锦还乡。不要蒙骗被告席上的酷烈的自我意识。我才是苦恼者。掩藏了刺青的圣僧，想让其鞠躬的校长，《话》的主编，想赢的怪物，为避免被嘲笑所做的努力，作家同人，片言即止。关于贵作，请您自己重新考虑一下。看破真伪的良策，衡量失去一部作品之人的深度吧。"弑二子之父也是有的。"等等。

你知道吗？受禁食之苦时，不可像那伪善之人，面带愁容。此，神之子所言。"能阐释超人的胆怯惶恐的人之子，笑谈严肃事吧。"秀拔如珍珠的哲人，高呼自责，发狂而死。倘能自省，虽千万人……不，握手还早得很，须先领会这项盾牌背后的话，"若不自省，即令遇见乞丐，亦将脸红狼狈，被告，罪人，冲进酒馆。"

我曾是，爱的哲人黑格尔之子。"哲学，并非对知识的爱，而是应作为真实的知识使之成立的体系知识。"黑格尔老师的这句话，是一位学兄告诉我的。比起一语中的，其更大的意义在于，若能使我开陈思想体系树立条理，且无明显矛盾，大致值得首肯，则我事既成，即可轻挥白扇，驱赶小腿上的蚊子。"原来如此，也有道理。"——日本自古以来的这句日常用语，已然道尽一切。首尾一贯，秩序井然。今早的这篇潦草手书，亦非纯粹的主观自白，此事大家清楚。联系你的心情想想吧。突然不想写了。

一切言语，的的确确，一切言语，皆是谎言。终究是筷子上你死我活的挣命，踉跄，踉跄，你，我，还有林氏，似乎在睡梦中也同样被猛烈地冲刷着。水流，滞则成渊，怒则成奔腾之湍，悬则成瀑，然终归一，即混沌之海。是肉体的死亡。你的工作留存，我的工作留存。不灭的真理微笑着告知："有所长必有所短。"今早，大晴天，一跃而起，诚为斯巴达之爱情，用力打你的右脸两下，然后再来三下。并无他意。不过是不幸地被一阵以林房雄为名的凉风所鼓动，变得兴致勃勃。缠身的怒涛，实则是快乐的涟漪，这一切，我的命，源自试图苟延残喘的居心的所作所为，看了东京奥林匹克运动会之后想死，读者轻额其首表示理解，大加责备，自是不可。

以上。①

山上的私语。

"读来很有趣。后面的，再后面的，负得了责吗？"

"负得了。不是为了打倒才写的。您知道吗？愤怒才是爱的极点。"

---

① 以上段落太宰治亦使用了不易阅读的片假名并加以注音。——译者注

"老话也说过，怒者无益。挣扎了十年二十年，在古老的朴素性的网中。哈哈哈哈。还有，给假名注音的目的是？"

"是的。因为文章有点好过头了，所以故意添些伤疤。矫揉造作，无论如何只是孩子的铠甲，金丝银线。像长脚蜂那般醒目的华丽条纹，是蜂的善意。既是带刺的虫，自不可放松警惕。以其腹部的花纹为目标，射击，射击。即动物学的警戒色。是对前辈石坂的起码的礼仪与确信。"

对于我和我的作品，一句说明，半句辩解，在作家都是致命的耻辱，对所谓"文不至则人不至"，大加斥责，并无他意，不怨恨别人，我孤身一人，严酷精进，此乃我从事作家活动十年来的金科玉律，纵是身处苦难深渊的一夜，它也曾悄然安慰我，再三使我平静地面露微笑。然而，一夜辗转，密藏在我心底深处的、尽管如此仍得以留存一丝的那种可悲的自矜，倘若不惜牺牲年轻的生命也要坚守孤城，则向拜伦誓言过的成规，痛苦的手铐，沉重的枷锁，此刻豁然一笑，统统丢掉了。投珠与豕，投珠与豕，未来永劫，呵呵，是珍珠吗？非但没有坦率地承认嘲讽等过失而羞惭地谢罪，我更是早就知道，此人，估计不只是个书生，去年夏天，我田里的玉米，只给了他七根，实则只有两根。此外，由于无知而处处可见的薄情评定显而易见，比眼前看到雪白的瀑布还要分明，我虽知如此，珍珠之雨，日后为我而鸣的勃兰兑斯①老师，恐怕，在我死后……讨厌！

珍珠之雨。无言的包容。要知道，这一切的慈悲，是出自不再天真的倒错的爱情，发自无意识的婆婆妈妈的复仇心。平素就常夸耀贵族出身的傲纵的太太，其情夫有失体统，满心物欲，在远远望见太太的圆脸之前，便早已日夜念佛，一声高，一声低，念叨着"给我钱，给我钱"。对于自己的爱情之深，太太向来是多少颇有些自负的，却因破灭之故，手镯丢掉，项链丢掉，五个戒指，统统给你，到底还是热泪盈眶，甚至脱口说出有些异样的话："我怎样都没关系，若要骗我，请务必骗得巧妙，骗得完美，我想获得更多的欺骗，想承受更多的苦痛，身为世间柔弱女性的我，是苦恼的选手。"尽管如此，仍忘不了如母亲般的慈悲笑颜，人偶般挺翘的小鼻尖上沾满泪水，似辣椒一样火红。正在地毯上缓缓爬行，冷笑着将太太方才扔掉的一干值钱的金银首饰一一捡起的寅年生的十八岁美男子，忽然偷看了太太一眼。"活似辣椒，"少年发出赞叹的欢呼，"哎呀，太太的鼻子简直就是猪的阴茎！"

可怜的太太。哪个是珠，哪个是猪，完全反客为主了，如

---

① 勃兰兑斯（1842—1927），丹麦著名文学评论家和文学史家，倡导现实主义，著有《十九世纪文学主流》。——译者注

今，自暴自弃，连出嫁时的发饰、内里暗藏那个近似白痴的情人的相片的项链坠子、皮带的金属零件，一个不剩。无物可给时，安（只写下这一个字，突然别有所思，尽管应该连六十秒钟都不到，恍惚的梦醒了，心神猛然回到稿纸上，想继续写却骤然停顿，"安"这一个字，到底是想写些什么呢？早春死去的仅三岁大的女童，面容姣好心地善良，咬断钓丝逃脱的鲇鱼看起来如吞舟大鱼之类的，被拖入遗忘深渊的五六行话，是非常重要的关键。太可惜了。浮上来！浮上来！是真实的话就浮上来！不行。）

这个也给你吧，这个也给你吧，诸如这等投珍珠慈雨与豕之事，并非那位神之子所言的"有人打你的右脸，连左脸也转过来由他打"的具象化，而是人之子的爱欲独占的肮脏的地狱图，由于显而易见的心术不正，从今往后，我绝不疏忽，一粒珍珠也不给。"猪先生，这可是珍珠哟，不同于石块瓦砾哟。"以如此恳切周到的、不使之理解就不停止的吝啬的启蒙、指导的态度，本就艰苦的荆棘之路，唯身在其中才可见发芽、创生的萌动迹象，对此确信不疑。

自今日始，以后将是堂堂正正的自注，此即其一。劣文之中，处处可见有片假名的稿页，此，吾身之被告，审判之庭，被霏霏大雪覆盖的纯白雏鹤一只，还是冷吧，团身缩首，童子般的撒娇语气，滚圆澄澈的瞳子，连神也不惧，因是毫不作伪的陈述之心，一字一字，对并非司空见惯的难以下笔的琐碎之处不厌其烦，须知如此自有其用。

"这是红血，这是黑血。"被杀死的蚊子，一只，一只，将其大腹便便的尸体，摆在枕畔的《晚年》的封面上，妻子歌唱。在盗汗的洪水中，睁开眼来，皱起眉头，看妻子那般演戏。"别再投机取巧地卖晚报了。"卖晚报。孝女白菊。雪天里卖蚬贝，被疾驰的车撞倒。风铃声。其余嘲笑的话，近来也消失了，枕畔的台灯隐约亮着，那是五点前，倘熄了，便是恰到好处的五点半，一言不发地摆脱蚊帐，系上兵儿带，一路直奔医院。医生。到了五点半，护士独自起床，给玄关旁的八角金盘浇浇水，扫扫砂石路，困得睁一眼闭一眼，适时地将沉重的大门嘎吱嘎吱地打开，这种东西，没人味儿。骗你的。你的困倦，你的笑，那个白天，围裙的零碎铁丝，统统地，就那么得到了，因此，小说也写不成。"不只是你，写，写，真的，懂这痛苦吗?!"不由得失声大叫，转过身来，却见你，卑鄙地冷笑着远去，我的苦楚，你怎会明白。

红血，黑血。这些，你明白吗? 吸过妻子血的蚊子，腹部鲜红透明。吸过我血的蚊子，腹部黯黑滞重，洒在白纸上，发出一股毒药的气味。包含着"蚊子吸了有毒品的血也会摇摇晃晃"这一幽默意味的红血、黑血。除开自己的第一本短篇集《晚年》中的铅字，其余一概不读，最近有一晚，口称无聊，内容不看，尽管如此睡觉时仍不忘放在枕畔，一个探病的男人站在蚊帐外，看着里面的情形，站在那儿哭泣，因擤鼻涕的声音而被其中的病人察觉到了。

"一、起誓。恐怕，是一生当中，唯一的一次吧。今夜，一夜默不作声，（别笑）真的，不出声，去找医生，恳请再来一针。拜托。一辈子，像这种事，不会有第二次。相信我，而且，我毕竟不是鬼，就算只为今夜的你的宽宏大量，也必须改掉恶习。以上，一言一句皆确凿无误。这篇起誓的文章不要撕毁，请保存好。十年二十年之后，会成为我家的——不，是对日本文学史而言的宝物。年、月、日。

"另外，请告知医生，支票明天会换成现金支付。明天，真的打算无论如何都要付钱。惭愧，我不能待在家里，所以才来海边散步。倘若应允，请留玄关的电灯亮着。"

妻子对药品是嫉妒的。询问妻子的实感，甚至可以毫无疑问地断定，约在二十年前被爱抚过。有时候，那种可能，忽然在眼前，如千里疾驰，万里飞翔，瞬间就被拽到身边来，凑得过近，震惊非常，巨大得不祥的黑凤蝶，或是温和的野兽蝙蝠，就在鼻尖前，翩翩狂舞，他颜面苍白，瑟瑟发抖，最终发出险些昏厥的强烈唏嘘。老婆子欲望渐生，细细思量，若连那药也没有该如何是好，便于某夜向丈夫提议，想深谈一番，并尽量不叫对方识破自己的居心，不料丈夫竟一跃而起，端坐病床之上，说不知道的只有他，若是太宰当此际，则会翻整领子闭上双眼，不慌不忙地想说津轻方言等种种无礼的坏话，那虚荣街头的数百家茶馆、酒馆、关东煮、中国面，走下去，便是烤鸡肉串、鳗鱼头、烧酒、泡盛酒①，某处必有一人在笑。此乃十目所视，百闻，万犬吠实，那晚亦然，他把嘴紧闭，抱着胳膊一番沉思，才徐徐开陈异见：

"你千万别忘了，盾牌是有两面的，金银两面。你用不正确的英语说，这盾牌是 golden，却得以如实地表现出你所见的真相。关于药品的害处，我比你更清楚。然而，你必须先认识到，那盾牌还有一面。那盾牌，既是金的也是银的。另外，同样地，它既非金的亦非银的，是金和银的双面盾。你对盾牌一面的金色，如何强烈地主张都没问题，但也得老实承认其背面的银色的存在，主张必须建立在此基础之上。大概你会觉得这如同狡猾的讨价还价，但没关系，那就是正确的。绝非虚假的主张，

---

① 琉球群岛特产的一种米酒。——译者注

亦不是欺瞒的态度。在这世上，如此即可。可以说，这种客观的认识、自问自答的懦弱的体验者，才是真正的有教养。外语的对话，在横滨的车夫、帝国酒店的服务员、船员、火夫……喂！你在听吗？"

"是的。我觉得你突然一本正经起来的语气很怪，就一直蒙被子忍着。"

啊，难受。妻子的谦恭的火焰，清洁的满潮，猛然凉爽地退去的样子，使我内心松了口气。

"那真可惜啊，可以再重复教你一遍……"

妻子将右掌立在鼻尖下方，单手一拜，道："已经明白了。毕竟是一成不变的教材，大致已能背诵了。"

"喝了酒就出血，没有这种药撑着，我早就自杀了。对吧？"我答道。唔，我的理论纵然拙劣，也是半面真理。

既有这般巧妙地宣告结束的时候，也有……我，是多么难为情地，在这个壁橱前久久怔立，倘若事态发展到比起恨不能有个地洞钻进去的实感还要强烈的地步，就恬不知耻地躲进壁橱吧，这种狗屁不如的气魄，不，不，也有这个原因，但是，除此之外还有，嗯，由于壁橱里，有不想让你看的信或是什么，若有这种秘而不宣的好事，我可不是因为有喜欢的东西，才在这狭小的房子里一天天无所事事。我现在，眼前一片漆黑，已沦落至悄无声息地坠入地狱的境地。凭自己的意志，丝毫也不能动。呵呵，是死尸吧。知道深不见底的坠落——无间地狱吗？加速度，加速度，以同流星相差无几的速度，坠落着，同时少年却在长高，一边不断地向暗黑的洞穴坠落，一边摸索着恋爱，在坠落中途，分娩，哺乳，染病，衰老，临终，统统坠落，死亡。微弱地，响起一声不可思议的悲伤的呜咽，那是海鸥的叫声吗？坠落，坠落，尸体腐烂，蛆虫也一同坠落，骨头，风化消失，唯有风，唯有云，坠落，坠落……开始了格调多少有些粗俗的谈话，千里马，无止境的语言洪水，生来喜欢富者万灯之祭礼①的肤浅之人，白活那么大岁数，手持涂漆的筷子，敲着晚餐的饭碗，对我和我的健谈——嗯，该说是祭礼的伴奏吗——加以莫名其妙的叮叮咚咚之音，异样的喧闹，不是好事，终究还是如此感到不安，刚一想到该逐渐拉紧缰绳，我家里的外人就说："太多的遮羞，煞费苦心了。（拜托，去看医生。）明明说这一句即可。"

"喂，喂。你……"

"见谅，见谅。"

凭自己的力量，无法制止的鬼，悲伤的是，无法制止的哭

---

① 富者万灯，是说有钱人办祭礼要点亮万盏灯笼，指排场奢华。

鼻虫。一塌糊涂。"见谅，好吧，哪怕只放低声音，好吧。"

"不是我的错，一切都是上苍的旨意。我，并不坏，只因前生是呵斥丈夫的女人还是什么很肮脏的人，所以现在受到了惩罚。默然侧耳倾听，仿佛就能听到，我前生的那个女人的叫嚷声，从地底极深处传上来。爱是言语。我们是软弱无能的，所以哪怕只在言语上，也好好地表现一番吧。除此之外，我们还有什么可以使人高兴的呢？尽管说不出口，但我是诚实的……吗？是从牧野君那里听来的吗？穷途末路之际，只对自己的诚实不疑，豁出命来到处披沥、陈述诚实，却一路沦落到以工地水泥管为窝的流浪汉的生活，眨着眼，经过三天三夜的不眠思索，终于明白了。对自己的诚实不疑，主观上的盲目骄傲，将那个好人逼到了水泥管深处。我，一点可观之处也无，日夜诚惶诚恐的严酷反省，才是真正的诚实。啊，果然，爱是言语。我，为了安慰那得了不光彩的病的朋友，一门心思只琢磨那件事，自己把自己折腾病了。但是，这种事，大家都不行。没人信我。同一时期，突然给一个朋友汇去一笔巨款。'用来喝酒或旅行吧。是这个月剩余的零花钱。'——本该如此写下本意，却又失败了。朋友似乎以为，太宰有亏心事，不久就会来求助。这种推测，后来，向该朋友询问确认，没错，据说即便如此，仍喝酒游玩了，但总觉得不安，因不愉快的缘故，那个也好，这个也好，在之后的很长一段时间内，成了朋友们的笑柄。

连那个生病的朋友，都不能理解我的火热的爱情。无言的爱的表达之类，难道不是至今仍未被证实吗？在那光荣失败的五年后，我又有一个朋友因同样的病住进医院，那时的我，因崇信巧言令色之德，便花去约一个钟头，为那朋友擦背、倒尿，甚至点亮了未来的一点微光。我的肉体一动不动，全靠言语，一口一口地喂粥，让其吸吮银汤匙，将浮在羹上的嫩绿的鸭儿芹捞起送上，这一切，都是我躺在地上望着天花板时的巧言令色。朋友衷心道谢，立刻在伙伴之间传为美谈，以致麻烦事一大堆。这些，你应该也知道。不甘心，太遗憾。我讲给你听。听清楚，事实并非如你所料那般美好哟。要知道故意搞砸的乐趣。祝贺你美丽的失败，真的。将独自羞惭日夜苦闷见不着阳光的自责的瘦狗的明日未知的生命，特意拽到阳光灿烂的露天剧场，不畏惧神的全能之人没有迟疑，也没有羞耻，用我一人的爱好之杖，指定年轻人生涯的去路。且惩罚，且赏赐，云的飘忽不定，如此徒有姿态的怪物，相较于这大人物的恶，盗窃也变得无妨，如今的世道，连杀人也被允许。然而，最坏的、毫无悔改希望的白日大盗，纵然将十万百万证据的纸币，摆在他眼前，他也会说：'哦？这么多钱，是奉纳金吗？是献给党的资金吗？'留下令人毛骨悚然的妖怪般的哈哈大笑扬长而去，恐怕，这位生下来，就是光练习这检事局里的大姿势的老匹夫，在画绢上写下'水至清则无鱼'，唉，这洁癖，幸运的惰农和普通议员，胡乱地握手，徘徊打转，最终相拥，甚至泛起泪花，万、万岁！这可不是笑话，你不能嘲笑这位普通议员。这位普通议员，很了不起。其理智、算计和策略，那才住不进一条爱的青鳞鱼呢。我来告诉你，爱是言语。山内一丰的十两①，我可不想要。再说一遍，不能用言语表达的爱情，实在不是深爱。世上无难事，难者则非爱。在盲目、战斗、狂乱中，才会发现更多的珍珠。'我……一点也不……'而后，端庄地鞠躬，仅如此，即可传达出相当程度的心意。当今世人，渴望着温柔一语，尤其是异性的温柔一语，想干脆被明朗完美的虚言欺骗一次算了。这秘密的祈祷，正是大慈大悲的帝王之愿。"已经睡着了。仿佛梦见，一条硬邦邦的粗布黑裤衩，腿，如海草般飘摇，突然，那个由石井漠编舞的海滨乱舞的少女的身姿，变成挥起拳头，两腿用力展开，正是大跳的动作。蚊帐里，不虞蚊群袭来，随心所欲的大活跃。"让你看看我脑子有多好使。"作家的妻子，横插一嘴，成了失败的因由，突然意识到的时候，已经迟了。痛殴一顿。上嘴唇肿了起来，比矮小的鼻子还要高出一二厘米，脸变得像阿岩②一样，她却不怎么在意，和昨晚一样睡得很香，细看那睡容，确确实实是个善人，大白天聒噪扰人，这也是一

① 日本武将山内一丰的妻子千代曾拿出十两黄金支持丈夫买下一匹骏马。——译者注
② 日本著名鬼故事"四谷怪谈"中的女鬼，生前因丈夫下药而变得相貌丑陋。——译者注

个身具佛性的愚妻。

山上通信

太宰治

今早，在报纸上，看到马拉松夺冠和芥川奖两篇报道，流下了眼泪。看见孙①这个人露出白牙、奋勇鼓劲的脸，直接从肉体上就明白了他的努力。然后，读了芥川奖的报道，就此，我也想了很久，但总觉得想不明白，便趴在病床上，写一篇文章。

前几日，收到佐藤老师发来的电报，说是"有话要说马上过来"，我一问，说是："大家都推举你的短篇集《晚年》获芥川奖，但我觉得回报小田君②等人的长期坚忍精进也不错，所以姑且还是拒绝了，你想拿吗？"

我考虑了五六分钟，然后回复道："既然提起了，老师，若无牵强之处，请给我吧。"

这一年间，我因芥川奖，蒙受着不为人知的损害。即使写了稿子，拿去杂志社，大家都在心里盘算，认

① 孙基祯（1912—2002），出生于朝鲜新义州，1936 年代表日本（当时朝鲜已沦为日本殖民地）参加德国柏林奥运会，夺得马拉松比赛的冠军，成为首次夺取长跑项目奥运会金牌的亚洲人。——译者注
② 指同届参选芥川奖的小说家小田岳夫。——译者注

为拿到芥川奖之后将比市价高出数倍，于是两个月、三个月，一直观望，其间屡次经历被芥川奖退回拙稿的伤心事。诸位记者，提起芥川奖，必然会想到我，或是反之，提起太宰，必然想到芥川奖，悲惨之事，不止再三。对此，妻子比我更了解。川端也是一提起我，似乎就变得小心翼翼言不由衷，我明明手无寸铁，对那人的热情毫不怀疑，远远地报以微笑，真是可悲。

"别介意，请收下。"我如此拜托。

老师也说："好，既然如此，若无牵强之处我就试着提一提，毕竟得到了其余多数人的大力推荐，应该是并不牵强的。"

归途，感慨满怀。然后，从老师那里，也没有特别的来信，只以为万事自然顺利，对附近的人，以"此事不可外传"作为开场白，分享喜悦，对家乡的长兄也表示"这次请相信我"，为不相信我的长兄的严厉感到不耐。

七日，因欠债来到这深山里的温泉，大抵自己做饭，开始过简陋的生活，不折不扣地仅有身上穿的一套衣服，顽症不治好就不下山，闯过人类最大的苦难，我的信实的创生记，（起初，也是由于难为情，"创生"二字是用平假名写的，但今早，因建国会而意气风发，遂大大地，写成汉字"创生记"）一定写出来，若有芥川奖颁奖人，定是好为人师的庸俗嘴脸，说："安安分分地成为健康的文坛人吧。"如此给老师您写信，以期经您删增后，用作获得文艺奖的感想文——也有这种痛苦的事。

这，是后来的笑话，现下的切实之事，是我的房钱，想给妻子要一件换洗的夏衣，（啊，和要五百元不一样啊。）房租，以及诸多开支，债款利息，船桥家里的老婆怎么在？哈哈哈，父亲大人分文没有，不，桌上有，零用钱三十九分。讨厌，讨厌。这样的家伙，写了《芥川奖内幕》等无趣的稿子，拿到实事杂志、菊池宽那里，挨了打，被撵出来，饶是如此，也想过，大概会变成似已看穿一切的脸上始终挂着油腻冷笑的肮脏的家伙吧。从现在起，还要给添了麻烦的二十余位恩人去信致歉，而恳求重新借钱的吐露诚实的长文，已然厌了。随便吧。谁都可以，请把钱寄过来。我想治好肺病。（群马县谷川温泉金盛馆。）昨晚，用杯子喝了酒。谁都不知道。

八月十一日，白花花的骤雨

另，这四页拙稿，恳请朝日报记者杉山平助先生适当关照。

上文感想，投函寄出，第三日又回到山里。三天，挣扎彷徨，今晨大晴，苦痛全消，阳光耀目，泡在露天浴池里，俯瞰谷底的四五栋民宅，此次有劳杉山平助先生，即刻退还拙稿，诚挚地感谢他的这种适当关照，另，私事，今日凌晨，妻子少见地带来喜讯。是爬山上来的。《中外公论》命令，写百页以上的小说，好读者，联想到我对杉山的过于宽大的谢词，对健康表示衷心的祝贺，暗自微笑，同作家默默握手，区区一市民的创生记，被赋予略微过誉的工作，朦胧的复苏的极致，我认为是率直、妥当的。

过了几日，杉山平助将前些日子草草读过的《山上通信》一文，依照模糊的记忆，直接讲给了东京的诸位，致使从中村地平君到井伏先生，均大感不快，满门忧心忡忡，生怕太宰的那一篇文章会令佐藤老师左右为难，大家便聚在一起商量，得出"总之得叫太宰过来"的结论，散会……之后……荻洼之夜，时隔两年再至井伏先生家，庭院里，依旧夏草繁茂，在书斋的檐廊一边下象棋一边交谈。

"你或许，给老师添了麻烦呢，喂……"

"嗯，或许……不过，即便老师受伤，那也非我所愿。《山上通信》是要表现我的狂躁、凡夫尊俗的样子等，别无其他企图。关于老师的爱，无论发生何事，我都不会怀疑。这次的《中外公论》的小说等，也请各位……"

"唔，这个嘛……"

"大家即使默不作声，也一定是佐藤老师的助力。"

"没错，没错。"

"就算想忘，也忘不掉……"

"嗯，嗯。"

渐渐地，只谈象棋了。

喝

彩

童子受招邀

兴冲冲登台

只把本不想写的东西强忍着去写，只选人人以为困难的形式来创作，将那些提着百货商店的纸包络绎行路的小市民的一切道德予以否定，十九岁的春天，吾名海贼王，恰尔德·哈罗尔德①，清净的一行诗的作者，譬如黄昏，垂首穿街过巷，从家家户户的门口，走出微白的少女的身影，奔来献上桃金娘花冠，真者，美者，兀鹰之怒，鸽子之爱，四季不息的五月风，骤雨过后叶青欲滴，何方而来的柠檬香，只住善良人的太阳之国、果树之园，慕之求之，车辕钉牢，奋勇直前的冒险旅行，我，身为船长，也是一等旅客，还是老练的管事。暴风雨呀来吧。龙卷风啊来吧。弓箭，来吧。冰山，来吧。不畏漩涡翻卷的深渊，不惧犬牙参差的暗礁，不为人知的清晨，扬帆起航，别了，故乡，离别的话尚未说完，就触礁了，真是极其不祥的

　　———————————
　　① 拜伦的长篇叙事诗《恰尔德·哈罗尔德游记》的主人公。——译者注

启程。新造的那艘船，名为"细胞文艺"①，我写信拜托井伏鳟二、林房雄、久野丰彦、崎山兄弟、舟桥圣一、藤田郁义、井上幸次郎及几乎尚无名气的其他几位——这些人当时分别是《辻马车》《鸢之巢》《十字街》《青空》《驴马》等同人杂志的写手，向他们邀小说稿。地方上堂堂的文艺杂志，封面印三色、一册近百页、一印六百册的创刊号，却只卖出三十来册。还想多卖一点，第二期遂向吉屋信子邀稿，却成了我这辈子难以洗雪的耻辱，甚至留下了逢人即被嘲讽一通的笑柄。出完第三期，大致损失了五百元，尽管如此也不想被人称作"三期杂志"，只因这个理由，勉强印刷了第四期。

当时的编辑后记中写道："迄今已出三期，但我不记得有哪一次是得意的心情。似乎都是'讨骂期'等让我到死都觉脸红的货色。看别家杂志的编辑后记，无论哪个，我都羡慕其惊人的气焰。我要含耻忍辱地说，其实我并不知道为何要做杂志。难道只是为了沽名钓誉？若如此，最好还是停手吧。我一直感到很痛苦——对于这样的东西，实在恼火。这本杂志几乎从头到尾全是我独力做成的，正因如此才分外在乎。自从出版了这本杂志，我对自己的所谓素质，感到非常不安。也不能说别人的坏话了……变成这种没骨气的狡猾分子，让人备感落寞。正

---

① 太宰治于旧制弘前高中就读期间，个人编辑、发行的同人杂志。——译者注

因为每件事上都想当个好孩子所以才不行。编辑上也有种种不同的计划，但由于没自信，一个也没能实行，结果便成了这种有违本意的、单调乏味的东西。想到自己这点小才还得加以限制地去做工作，我就心痛。事实上也是相当痛苦。"

前些天的一个晚上，我偷偷地重读了上述文章，得知自己的思想风貌历经十度春秋仍几乎毫无变化，不禁愕然，不，不，对于十度春秋如一日的我眉间不变的沉痛之色，如今才觉出竟是如此厌烦。吾名安逸之敌，得意忘形之小姑，明日将死之生命，有钱之夜即富者万灯之祭礼，一朝醒来，见天花板并非我家的那块，身周是可疑的蓝色墙纸上散布着大小不一的星状银箔的三元天国，伤口之痛足以让人死不瞑目，吾友中村地平，据说就在如斯之晨，听了广播体操的音乐，放声大哭。想出灰姑娘这个故事的人，实在是个无以言状的不幸之人。想出卖火柴的小女孩的人，也是想抽支烟而不可得，只能划燃火柴，盯着火苗直到它曳着细微的蓝尾巴消失，再重新划燃一根，或因泪眼蒙眬，将火柴的光看成了金殿玉楼。生活一年比一年苦，我的绝望之书，总觉得羞于见人，而夜半之友，道德的否定，现在看来甚至亦不过是金框招牌般的习性。

不想说的内容、困难的形式，十度春秋间，只是将它们重复来重复去，如今看来，在这地界住得还好，黄昏时分，得了翅膀漫无目的到处飞翔的我化身蝙蝠，啊，捕食那些毛羽可恶的鸟、长牙齿的蛾、活的青蛙，最近格外厌憎这些魔邪怪物。这些才是安易之梦、无知的快乐，复归十年前慕求太阳之国、果树之园而启航的十九岁那年春天的心境。在温暖的白昼，为寻求飞雪似的落樱，从泥海、蝙蝠巢、船桥之类的渔区出来的胡子也未刮的男人，原谅他吧！

　　瘦躯，如一根孟宗竹，蓬发，乱须，双颊浑无血
　　色像白纸似的，十指比线还细，发出竹子喧动般的沙
　　沙声，哀哉，其声嘶哑若老鸦。

　　各位绅士，以及淑女。我亦是对幸福俱乐部的诞生最觉高兴的一人。吾名狭门守卫、困难之王，正是生活安乐之时才当凝视窗外风雨中的不幸，我的脸颊被泪水濡湿，在昏暗的油灯光下，独自创作哀绝之诗，在自苦甚而至于危及性命的夜晚，薄施淡妆，熨好裤子，颊上露出一道微笑的褶皱，骤雨过后娴静低垂的柳丝下的笔挺轻装之人，他，便是这世上的不幸者、今宵将死的生命？而且，他访友说，此生之乐在于青春之歌。糊涂的友人得意忘形，拿出唱片说这是干杯之歌、胜利之歌，宾主你来我往，喧闹之间，已至深更半夜，遂约定翌日再聚。到了第二天，啊，蒙蒙香烟的底部，佛堂深处，屏风后头，四方白布片儿下，鼻窍里塞着棉花——哎呀，这可失礼了。在幸

福俱乐部诞生之日，讲这种不吉利的故事，哎呀，抱歉，抱歉。言归正传，当此黑暗时期，每月一回，在这环境颇佳的沙龙聚首，一人一主题，娓娓道来，彼此分享世间的幸福故事，如此旨趣，实为近来未闻之卓见，我自告奋勇，代表大家，再次向主办方致谢，并补充一句，衷心盼这聚会能永远举办下去，那么，请允许我奉命摘夺今晚首讲的光荣。

（"开场白太长了！"场内响起两三声诸如此类的不客气的喊声。）

我呢，当下，也是得了杂志社的允许，一年只写两三篇文章，一篇用不上十来分钟就能读完，读后过个十来分钟，就会忘得一干二净，尽是这种清汤寡水的短篇小说，让我写两三篇，年收入是六十元。

（"怎么可能！"有人大笑，满场哗然。）

平均一个月是多少钱呢?

（"把他除名！"有个青年高呼。）

请等一下。我说得有点过火了，请原谅。我太失言了，请允许我收回刚才的话。幸福俱乐部诞生当晚，首位讲演者却要揭露阴惨酷烈的某个生活断面，而那断面是万万不能直面的，哪怕只让大家瞥见一眼，也是重大的问题，我会感到沉重的责任。

（点灯。）

值得庆幸的是，唯独这一次，神宽恕了我。黄昏，当房间四隅暗处蠢蠢欲动的人心也想寻死时，突然亮起了灯，大家都活泼泼地复苏了，一如被放归屋后小河的金鱼，委实不可思议。这枝形吊灯，想来是这家的女佣，在走廊里拧动开关，骤然引发光之洪水，将我的失言等一切的一切冲刷得干干净净，我抓住这个简直像是在异国树荫下霍然醒来的大好机会，不动声色地转换话题，想偷着擦一把冷汗，啊，那扇门后尚不曾谋面的女佣，才是我的救命恩人。

（哄堂大笑。）

这欢笑的波浪也多亏了灯光，看样子一帆风顺，一边祈祷一路平安一边割断缆绳扬帆起航，主题是，关于作家的友情。

（仿佛已完全恢复自信，从桌上堆积如山的水果中，拿起一根香蕉就大快朵颐，掏出手帕擦指尖抹嘴，一瞬间似陷入苦闷，蓦地又重振精神。）

我每次吃香蕉都会想起，三年前，我曾和中村地平这个有点机灵的男人，打过一场没完没了的论战，浪费了半年时间。那时，他发表过两三篇作品，被人"地平先生、地平先生"地叫，非常幸福。当时，地平也不觉得自己是幸福的，似乎劳心之事颇多，但自那以后，三年过去了，今日已然精疲力竭，西服里堆满将腐的泥，啊，骤雨呀，好歹下一场吧，不管是在银座的正中央，还是在二重桥附近的广场，都忍不住一心渴望得蒙允许赤身裸体，涂抹肥皂在骤雨中洗濯此身，同时出于对公司的忠义，炎炎烈日下的一只蚂蚁，犹如一脚踏入了捕蝇饵的地狱——哎呀，又是除名的危机，请原谅我，总之，友人中村地平在今日，突然想起三年前的那些事，啊，那时真好呀。如此教人坐立难安的高贵的苦闷，虽是万般无奈的请求，还望诸位尽可能轻轻地放在心上，那么，在那地狱般的日子的三年前，还没见面便恶语相向，起初争论的是普希金一本正经地写灵异故事的爱好，是都德的通俗性，然后一转，开始评论斋藤实[①]

① 斋藤实（1858—1936），海军大将、政治家，日本第三十任首相。——译者注

和冈田启介①，进而再转论及香蕉美味与否，至于三转，话题则成了某女作家的身世，继而逆转，彼此评头论足，针锋相对，恨不得杀死对方。

"第二天一大早，你又吃了五碗饭，真丢人！"

"哼，那是你自作高雅冥顽不化。"然后各自突然正色，"你的小说究竟……"在彼此心底某处，有不可原谅的反抗、难以按捺的敌意扎了根。

"你那小说，成何体统。"

因为从根本上就不认可，所以没理由相互让步。一天，地平从他家后院栽培已久的西红柿中挑出二十多个又红又大的，拿包袱皮裹了，重重地丢在我家玄关的台阶板上。

"包袱皮记得还我。本来是要拿去别人家的，只因半路上觉得太沉不愿再走，就放你这里吧，西红柿，你是不喜欢的吧，包袱皮还我就好。"

他因难为情而不大高兴，依然埋着头，朝我二楼的房间走了上去，脚步声越来越响。

而我，心里也不大痛快，便冲着他上楼的背影说道："既是拿去别处的东西，何以要放我这里？我又不喜欢西红柿，正是因为被这些西红柿什么的迷得神魂颠倒，才写不出好小说。"

---

① 冈田启介（1868—1952），海军大将、政治家，日本第三十一任首相。——译者注

现成的坏话接二连三地倾泻过去，地平见自己出丑，臊得无地自容，那天，无论下将棋，还是掰手腕，他都方寸大乱，完全不是对手。地平和我一样，高达五尺二寸，毛发浓密，所以十分怕穷，况且他又清楚地知道，自己的不体面是这世上独一无二的——彪形大汉穿着洗褪了色的浴衣，邋遢胡子上挂着烤黄酱。正因如此，才受不住穷。那时的地平，新定做了一件条纹艳丽的春装，曾在房间里穿了一次给我看，却马上意识到自己的失态，慌忙脱下扔在一边，装作漫不经心，但他分明想穿这件衣服出门想得要命，之所以只在房间里穿着转来转去，是有理由的。他在吉祥寺的家，是属于他亲姐姐和姐夫二人的住宅，他占据了厢房的一间采光好得出奇的八叠大的屋子。亲姐姐跟弟弟长得不像，身材娇小楚楚动人，对他颇为照顾，为了让他成为优秀的小说家崭露头角，置备了亮闪闪的火炉，而且，为了知道房间的温度，甚至在柱子上挂了寒暑表。在二十六岁的他，姐姐的每一次操心都令其很觉难堪，羞惭不已，所以我一去拜访，五尺二寸的中村地平就用快得令人眼花缭乱的手法将寒暑表藏起来。

当时，有一群作家被称作"生活派"，一样都年过三十，已然娶妻生子，成为一家之主，写些不起眼的小说，老老实实地品味着每一天的生活。说起来，生活派作家中的两三人，就住在地平家附近。当然，他们是地平的前辈。地平有时会缩着身子，目光如孩童般清澈，向那些前辈提出文学上的诸多疑问：小说与记录不一样吗？小说与日记不一样吗？"创作"一词，是由谁在何时开始使用的呢？等等。这些令旁人提心吊胆却又极为理所当然的问题，似乎是前一晚就寝之后，在黑暗中屏息凝神绞尽脑汁思索出来的。面对其无论如何都渴望得到解答的诚恳态度，前辈们不知所措，嘟囔说"我要是知道就好了"，困窘不堪，抱着脑袋，越发沮丧，陷入沉思默想。地平却似茫然不知，愣愣地望着窗外田间的农民夫妇——那丈夫包脸的手巾被风吹走，正喊老婆去追。如此拥有一种不可思议的厚颜品性的地平，竟仍做不到一个人穿条纹春装出门。说是对不起生活派的那些人。

对此，我告诉地平："你这样不行。艺术家都要时刻坦荡磊落，像老鼠一样总在寻找退路，将来难有大成，我过几天，也打算试着穿穿唐装……"

啊，那时候，我们彼此都还幸福。三年过去了，我除死之外，完全没了活路。去年春天——嗯，幸福俱乐部，要除名的话，那就除名好了——身上添了像黑熊喉部月牙形白毛一样的红色伤痕，而一年后的今天，喝杯啤酒一上头，眼前仍会清晰地浮现出绳结来。为了这样一个没死成的友人，并伏鳟二先生、檀一雄先生，再加上地平，三人去神田淡路镇的旅馆造访我的亲兄长，求他再给我一年的钱。那天，井伏先生和檀先生二人先出了门，地平因为有事，晚走一步，在去家兄住处的途中，顺便来了趟我在荻洼的家，谈了谈我就职的事，然后追着井伏先生他们赶去荻洼站。我也送他到车站，两人并肩而行，地平却像女人一样小心翼翼地躲着泥坑走路。饶是那等重要的时刻，我想为人缓解紧张的毛病，又悄然抬头，我偷瞄了一眼地平的脚下，顿时无语。一直到车站，我都费力地别着脸，不管地平说什么，也只点头敷衍。地平特意换了衣服，就是那件条纹图案的华丽的春装。以前地平哭的时候，被我撞见过两三次，那也成了我轻蔑他的缘由。但当时我第一次生出别样的情绪，不想让他看出端倪，不久便双肩颤抖，眼前发黑，十分苦恼。过了一年，我的生活又一次变得越来越困窘，给两三个人添了麻烦。昨晚，在某个聚会席上，我和地平不期而遇，彼此有点尴尬，不大自然。我那时已是一瓶威士忌、一滴啤酒也喝不得的身体，根本谈不上寂寞。地平喝了酒，便一直哭。我要是能喝酒，肯定也会哭。以这样奇怪的心情，此刻，除了地平的事，我什么也说不出写不出，所以，偶尔请允许我放松一下。有句话叫"世上还是好人多"，我觉得是真的。而且，最近变得爱哭了，这是怎么了？地平的事、佐藤先生的事、佐藤先生夫人的事、井伏先生的事、井伏先生夫人的事、内人的叔父吉泽先生的事、飞岛先生的事、檀先生的事、山岸外史的爱情，本打算依次说给大家听，但我的话越长，就越会妨碍接下来待登场的"深刻力作先生"，因此这篇随时可以掐断的故事，姑且起个标题叫"喝彩"，仅以此慰藉我的心境，至此结束。

二十世纪旗手

生而为人，
我很抱歉

序唱
尝尝神之焰的
酷烈吧

苦恼之尊贵，不在于高。这样还不够？这样还不够？再高些，再高些。隔着篱笆的两株蜀葵，竞相往高处挣，躯干纤弱，三两朵花蔫缩成团，面庞不复昔日引以为傲的红艳华美，已然枯萎发黑的皱巴巴的花瓣也分外凄凉，只神情如同夺旗赛中率先奔至终点的飞毛腿少年一样得意，似是在说：

"高居九天的神之花园，我穿草鞋便踏入其中，此诚为侵犯神域之举，但我并不畏惧，方才还亲手折下了园中花。不仅如此，连神午睡时的容华，我也的确亲眼窥见了呢。"

其中仍残留有天真可爱之处，观者也报以微笑，或是苦笑，不见怪他，可一夜之间，好端端地，这孩子却被赛冰欺霜的新月看中，诡异地发了狂。

"神和我是五十步笑百步，没啥差别。那一日，三伏酷暑天，神穿的也是奥林匹克纹样的浴衣，袖子挽着。"

听者无不大笑，竟至鼓掌，高声喝彩。啊，台上那皮肤青黑、状若瘦狗、口喙突出、形体衰老、身材纤弱高近六尺的童子，不正是那高高的蜀葵精吗？他目睹、耳闻这满场怒涛般的鼓掌、呐喊，却未意识到，如此奇景全是来自其与小丑毫无二致的滑稽风貌，兀自抽动着肿大的鼻子，现下无疑已欣喜若狂，眼中的异色烧得越发炽烈了。

"今宵七夕节特此宣告，我才是神。那高居九天的神，终日只知午睡，实在怠惰。甚至，我曾一度蹑足溜进他的寝室，将神之冠偷着戴在自己的大脑袋上。神罚啥的，我才不怕。哈哈哈！其实，我倒很想见识见识呢！"

预期的喝彩，并未发生。四下里鸦雀无声，接着掀起了鼓噪的浪潮。

"自不量力的蠢货。"

"神啊，这才是在做梦吧。呀！这个剧场里有老鼠。"

"贱民那得寸进尺的傲慢，充分体现了其不知分寸的卑贱本性。啊，那张脸，好像不堪入目的雨蛙。"

一瞬间，啪！有人对准将要晕厥的童子的鼻梁投去石头，此时此刻，说起来，正是其不幸的开端，既然工作全靠自尊，即夸耀自己的花朵之高，那就难免要吃这样的苦头。艺术，可不是夺旗赛哟。没错，没错。真脏，流鼻血了。看看吧，你那所谓完美无缺的短篇集《晚年》之流，其中的冷酷，好好看看吧。杰作的范本，充斥着赤裸裸的痛苦。

"请务必造一间铺有香蒲穗的温暖寝室。"我于不眠之夜站在蚊帐外如此求你。

你却只说了一句："很冷吧？"留下两三个大喷嚏就消失得无影无踪。不是吗？

我甚至来不及叹息："我一生的热情全都收进这一卷了。"

是惩罚，是惩罚，是神的惩罚，还是市民的惩罚？困厄背运，爱憎轮转，不过是瞒着所有人悄然戴上那顶金冠对镜自赏咧嘴一笑的罪过罢了，神却不肯原谅。我告诉你，神哪，和天然的深秋寒风一样惹人生厌。神严厉且执拗，摁着我的脖颈，使我咕嘟咕嘟地沉入水中，在水底挣扎，当人之子即将溺死的刹那，才稍稍松手，让我静静地浮上来，为重见阳光而喜悦，长吁一口气，刚把双掌合十，想着至少要郑重地拜一拜这暌违五年的太阳，脖颈上的手却加重了力道，又来了，又来了，到第五百几十次下沉，我将一沉不起，变成泥中幼龟的侍从。

有的激流，唯肯舍身方能浮起。——这劳苦人的忠告，却是错了。一旦沉入水中，就会一直下沉，喘不上气，若真有人能一举浮出水面，我甘愿对其顶礼膜拜。当我重新端坐，想把这世间真正的恶，教给比我年轻而纯朴的朋友时，那神，已然双目炯炯，其左手化作秒表，宣告下沉一刻即将来临。

"啊，又来了，又来了，今后五年都得沉在水底了，不知还能否再见到你。"神那荒腔走板的粗哑嗓音响起，"预备！"

　　"要是想我了，记得来找我，到水底，啊，至少，让我再说一句，唔……"

　　万籁俱寂，唯余涛声。

壹唱

相传猫头鹰啼夜

残废子降生

好兆头啊。刚写下"壹唱"二字，奇迹就出现了——五分镍币那么大的小亮斑。朝晖，倏地从尚未卸下的挡雨门板上的钉孔穿进来，恰巧照在"壹唱"的"壹"字上。是奇迹，是奇迹，握手，万岁。停止这愚蠢、可怜、无聊的大惊小怪，开始神圣的工作吧。我答应"是"，一问路，女人哑然，寒冬荒原嘛。光问可就亏了，正当我心生促狭欲孤身乱走之际，明胶差不多快凝固了，也不是没东西可定向指路，心虚之下靠着手杖，一人分饰两角说着对口相声，尽管孤立无援却仍装作同伴众多，且唱且讲。在一篇棘手的浪漫爱情故事周围，耗去百日时光，蹑手蹑脚地，像一只窥伺金丝雀的眼瞳漆黑水润的小猫，慢慢地、慢慢地绕着圈子。请高兴起来，昨晚终于找到了讲述的头绪，喝杯茶，然后徐徐道来。

　　讲之前，有一点要预先声明，不是别的，是我还没尽全力呢。而这，又是何等的陈词滥调，但这是作者的亲切之处，若有绿海龟甲壳那般大的冰块，忽沉忽浮，慢悠悠地自海上漂来，老练的船长定会毫不犹豫地迅速改变航路。危险！危险！一旦撞上就会沉没，冰山藏在水下的部分——是啊，纵然露在外面的只有圆斗笠那么大，但水下的根，将足足达到五头河马的体积。你也一样，真想了解我的时候，不妨来我家跟我同住一个礼拜，我会让你亲身领略我那三寸不烂之舌的盛况，教你连睡觉的工夫也没有。然后，你才会发现太宰的能力，而那也仅是十分之一罢了。这番话大致无误，你可以相信。一言既出，便意味着错过两三千言的惨重损失。而且，以上这些与我不相符的幼稚逞强的话语，统统是我肉体灭亡的预告，你可以相信。再无相见之日了吧，这内心的不安无靠，便是我的各各他①，翻译过来即骷髅，啊，对这荒凉的心象风景的明确认定所体现出的老人的无尽抱怨。

这不是往常对"命"的玩弄。我已领受神的惩罚，遵从暗淡的宿命，事到如今还能恨谁？一切，皆我一人之罪，尽管在写这篇小说，却懒得勤恳苟活，一如竹叶上的霜。现在，至少须创作出二三佳品，赠予那些照顾过我的善良人，当作合乎我身份的微不足道的谢礼奉上，并以为华丽的寿衣，夜夜不眠，呕心沥血反复雕琢一篇浪漫爱情故事，好，纵然成了劣作，届时我也无从知晓。罪，在于诞生的那一刻。

---

① "各各他"，又称"骷髅地"，位于耶路撒冷西北部，相传为耶稣死难地。——译者注

贰唱

级数递减法

渐渐下坠。

自以为是渐渐上升的，满面春风，抖开扇子悠然纳凉，实则是渐渐下坠的。

直降五级，然后，猛升三级。

所有人都一样，彻底忘了曾降五级，只记得升了三级，互相恭喜，真没出息。

直到十多年后的一夜，方才诧愕起疑，然而为时已晚，只能苦笑着呢喃："此即人间。"干脆利落地死心断念。

而那，才是人间。

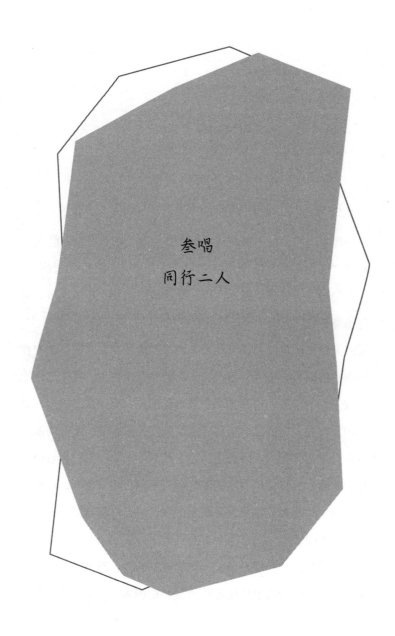

叁唱

同行二人

想去巡礼，已不知认真考虑了多少次。独自上路，箬笠上写着"同行二人"四个小字，我，还有一人，那位同行旅伴，是个隐形人，低着头默不作声，顺从地跟着我。是个水精灵般身影袅娜的红唇少年，还是身穿鼠灰色明石绉绸的四十岁太太，抑或是用柠檬皂洗去全身油垢的清净温柔的少女？说不清究竟是谁，但确是善良人，同行二人。若非有疾在身，我早已带上声音悦耳的铃铛，将意味深长的青年巡礼，至少从形式上一举澄清。首先，向谁谁、某某辞别而站在人家廊前，就连清脆的铃声，也饱含我的无限悲伤，庭中茂盛的一草一木，再看今生最后一眼，断绝父子关系的回忆痛苦不堪，哭着巡礼，伴秋风共启程，终将客死他乡埋骨黄土的我，对自己那虚幻无常的宿命，了如指掌。

　　而且其间，我似乎谈了一场朦胧的恋爱。对方的名字不能说，连谈了恋爱的迹象也不能透露，很痛苦——即使嘴巴紧闭直到烂掉也不能说——不义。只再吐露一句。我，不是在志愿巡礼之后才谈的恋爱。不过是，太想抹除心中的思念，才起了巡礼的念头。一直以来我想要的，并非整个世界，亦非百世流芳，只想要一朵蒲公英花的信赖、一片莴笋叶的安慰，因此断送了一生。

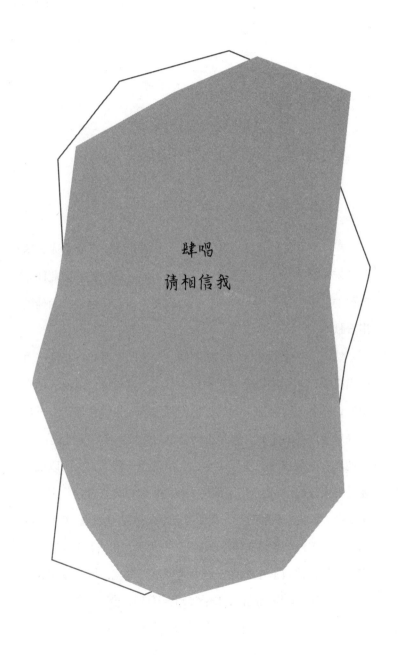

肆唱

请相信我

东乡平八郎的母亲，从不在儿子枕畔走动。在她看来，这孩子未来必将立于千百人之先，万万不能对其无礼。因此便是自己的儿子，她仍不失尊敬，小心翼翼、谦恭谨慎地，为他付出奉献。

然而，我家的情况则有所不同。从七八岁时起，我便一直相当孤单，客厅里每晚都以祖母为首，还有母亲，以及三两个亲戚，寒暑假时再加上兄姊，他们经常背地里说我坏话。一次我经过客厅前的走廊，偶然听到最小的兄长冠冕堂皇地说："别看他现在成绩出众，上了中学、大学就会一落千丈，所以最好还是别太夸他。"我产生了偏见。可恶！父母兄姊合起伙来，欺负七岁大的我。从那时起，我便讨厌家人的客厅会议，专爱待在厨房的石炉旁，冬天把马铃薯埋在炉灰里烤，和四五个长工一起吃。想是我终日形单影只，一个老婢不忍坐视，把手放在我肩上，教了我一句奇怪的话，曰："台上一分钟，台下十年功。"

我记得，失眠症似乎就是从那时开始的。我最小的姐姐，和我关系很好。我上小学四五年级时，姐姐在外地读女校，每年寒暑假回来两次。当时姐姐有个朋友姓萱野，是个身材娇小、不胖不瘦的戴眼镜的女学生，经常被姐姐带来家里玩。她肤色白皙，生着胖乎乎的圆脸盘，双下巴，长睫毛，除了睡觉时，一双又黑又圆的眸子总像小丑般微笑着，摘下眼镜频频眨眼仿佛嗅闻般看杂志的模样，像小熊一样天真无邪，在我看来十分可爱，尽管她比我还大三岁。

早在很久以前，素未谋面之时，我就知道你的名字。姐姐寄来的信中，这样写道："梅花班班长萱野亚纪同学得知你不忘应季节分别寄来橡皮糖和冻年糕，把你好一顿夸呢。说是羡慕我有个温柔的弟弟，真幸福。要不是你信里的津轻方言写了错别字，姐姐会向更多的朋友耀武扬威呢……"

你那时候，说是要当画家，拿着格外精巧的照相机，一边在故乡夏日的田间小路上漫步，一边咔嚓、咔嚓地默默按下快门。不可思议的是，你拍摄的对象，竟同我发现的景色一模一样，在北国之夏、南国初秋，当我瞥见那一串缠绕在杉树木桩上的瑟瑟发抖的爬山虎红叶的一刹那，你的相机便响起了咔嚓声。每每忆及此事，我都不禁喟然轻叹。不过，我也曾因悔恨的回忆而整日痛哭。不论那时还是现在，我都只是一个村童，大正十年，照相机还是稀罕物，我羞怯而扭捏地求你让我挎着那个装有照相机的黑皮包，陪着身穿蓝浴衣腰系红色扎染兵儿带的你。那天，我在树荫下偷启暗箱取出底片，却只看到一片乳白色，我不满地摇摇头，佯装不知放回原位，然而当晚的暗房却传出惨叫连连，底板上是清一色的黑片，无知的犯人当场暴露，从那以后，你再也不准我拿相机包。你若能既往不咎，再信我一回，把相机包给我拿着，我就算豁出性命也一定保护好底片。还有，当时玩捉迷藏，你扮鬼，在等待大家藏好的空当，你独自占据了西式房间的沙发，百无聊赖地看着杂志。同样觉得玩捉迷藏很无聊的我，扮演必须藏起来的角色的我，明明有许多地方可选，却因此藏在了你的沙发后面。

"好了。"远远地传来弟弟的声音，你就那么拿着杂志起身出去找大家了。你记得吗？已经忘记了吧。很快，大家都被找到了，一个跟着一个回到西式房间。

"阿治还没找到呢。"

"找到了。在沙发后头。"

我从沙发后现身。

你还记得你那冷冷的自语吗？

——"毕竟，我是鬼啊。"

二十年来，我从不曾忘记这个鬼。前些日子，我在报上看到一则题为《浅田夫人恋情三级跳》的报道，说你是二科①的

---

① 日本美术团体"二科会"的简称。——译者注

新人，是有田教授的……不，我不说。而今想来，那时，从十六岁那年夏天起，你的眉间，就已有了预言今日之不幸的不祥皱纹。

"越是有钱人，对钱越憧憬。我从不曾想方设法去赚钱，所以钱在我真是高贵而可怕呢。"

你的话，我没忘。容我明言。萱野小姐，你是一直爱慕我哥的。

前几天的一个夜里，我看到报上的那则报道，想到你的寂寞，一个人在蚊帐里哭了三个钟头。我的流泪别无所求，纯粹是为你的痛苦，不需分文报酬。那晚，我希望你变得坚强，想让你知道有人相信你的纯洁，期待你能充满自信地活下去。只是基于这样的理由，想给你寄信，拔掉墨水瓶口的软木塞，却下不去笔。福田兰童其人，给女人写过无数封这样的信，一般无二，全是情书。

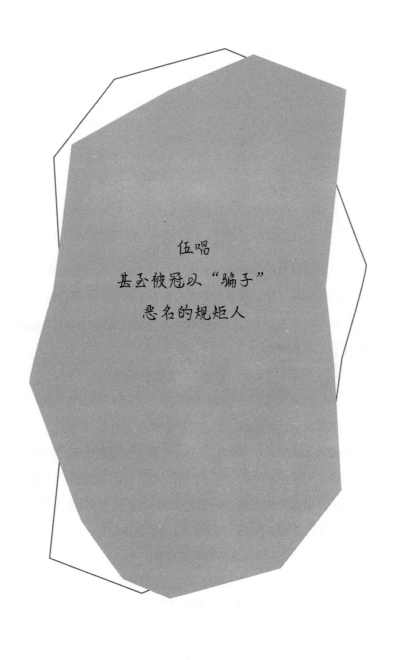

伍唱

甚至被冠以"骗子"

恶名的规矩人

一上街，充耳尽是："那个骗子来了。"

　　被夕照染红的雁腹云^①下，几个十四五六岁的姑娘靠着仓库的白墙站成一排，双手如懒汉般插在袖裉的开口里，暗中按在各自结实的乳房上，相互挤眉弄眼，用力点头，怕痒似的缩着脖子，轻声窃笑。

　　而那被嘲笑的骗子，却是这世上最正直的人。

　　今早，我从家乡的报纸上看到，一个名叫什么家的饭馆，竟不像话地兼营起旅馆了，还模仿歌舞伎的升降台装置，只要揿下按钮，就会通电，滑出一张大床来。我边读边笑。显然是某个老好人受老板娘或黑帮电影的影响，让心里的恶之花暗自绽放了。那么大的证据，一旦被人摆到面前，必将陷入绝境，一句辩解的话也说不出，而这根本就划不来嘛。

　　真傻啊，乡下的恶人，可爱又可靠。

---

① 高积云的一种，通常预示降雨。——译者注

不可思议的是，真正地道的恶人，是活神仙、活菩萨，有良心，很可靠。

　　而且不为人知的是，事实上，这些人个个是堂堂的邪道天才，无一例外，就连释迦牟尼佛，对上这些大人物也只能甘拜下风，不得不在背地里称其为无缘众生。

陆唱

要我学狗叫，我

就学狗叫

前略。①

　　以信相托多有失礼。我想在本社发行的《秘中之秘》十月号上刊载可称为当代学生气质的学生生活内容，使之成为趣味读物，好让供自家子弟游学于世间的父兄们得以了然于胸。那么，我想选出代表性的学校（帝大、早稻田、庆应、目白女子大学、东京女子医专等），每月连载。因此，下个月我想先做成帝大专刊，不知能否托付给您。四百字满的稿纸十五页左右，希望内容既真实又有趣。至于截稿日期，请务必严格遵守。不能面叙甚为失礼，仰恳务必应允执笔。

《秘中之秘》编辑部

　　　　　　＊　　　　＊　　　　＊

---

①　略去信首的祝颂套话。——译者注

哈哈，蝙蝠这种货色，以往在鸟兽大战之日，到处背叛，牟利甚多，后来诡计败露，大白天无颜外出，只能趁日落鬼鬼祟祟地出来活动，便是如此仍觉害臊，飞得很是毛躁。对了对了，忘记说了，确实与此无异，不，我不是在说你。我吐露心声好了。其实我总觉得，自己和肮脏的蝙蝠并无多少不同，怎么也不敢开口。为了活下去，葡萄酒比面包更重要。三天不吃饭没关系，但那根握柄上装饰着蜥蜴脸的八元钱的手杖是一定要买的。失恋自杀的心态，最近终于明白了。捧花走路以及失恋自杀，此二者，自我读初中、高中乃至大学，一直认为是羞耻之举，甚至光是想想就觉得脊梁上冷汗直流，但最近，从一朵白花都能受到慰藉的坠入情网的我，因满腔的相思而变得神志不清，世界静了下来，我的生命似乎也如崩塌的沙堡无声消逝，穷途末路，无处容身。我，学会了鄙俗的寻欢作乐。于是，没钱花了。此刻，我也突然追撵起蚊帐里的蚊子来，寂寞，像故乡的暴风雪一样猛烈，我向着数十丈深的古井孤身坠落，任凭如何呼喊都无人闻以致心焦如焚，青苔黏滑，能听到的只有我的回声，空虚的笑，试图觅得头绪而致指甲剥落浑身浴血的努力，如斯悲惨的孤独地狱，想钱想得不得了。若要我学狗叫，我就学狗叫。不管怎样一定会写得很有趣，所以请按每页稿纸五元钱给我稿酬。五元，当然仅此一回。下次，五十分也好五分也罢，都听您的，所以无论如何，这一次求您了。便是五元稿酬，我也有自信绝不让您吃亏，拙稿定能物有所值。

太宰治

四日深夜

*　　　*　　　*

敬复，四日深夜之尊翰已拜阅。稿酬一事无法如您所愿但稿件还请立即动笔。按普通稿酬一元。权且以此复信。草草。

《秘中之秘》编辑部

*　　　*　　　*

明信片已拜读。故意引用"四日深夜"，有点捉弄人了。通篇字里行间，显得怒气冲冲。我并非因个人的自尊或贪欲而要这五元，而是为了投与不知名的贫苦之人，或是为了让那好人高兴，才需要钱。不过，现在，没办法。突然小声说：既然如此，就让我写吧。

太宰治

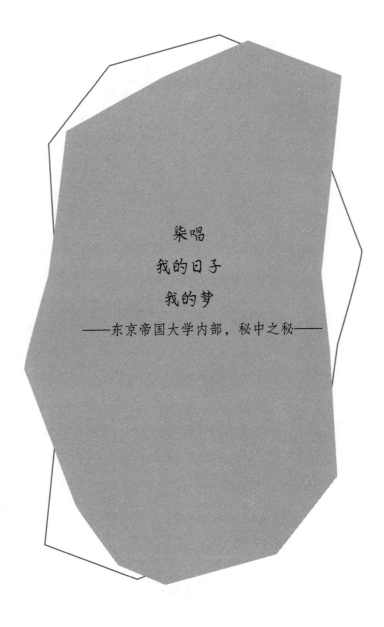

柒唱

我的日子

我的梦

——东京帝国大学内部，秘中之秘——

（内容三十页。全文省略。）①

_____

① 原文即如此，应是太宰治为表达某种情感而故意为之。——编者注

116

捌唱

愤怒成就爱欲的

丕高形貌，云云

日前在外旅行，其间接到原稿及屡次来信，抱歉未能及时拜阅。不过，原稿实在很糟糕啊。那般品质，再如何偏袒也不堪用。就算请你重写，大抵也是徒劳吧。于兄台而言许是力作，但在我方实属困扰，以此要求稿酬令人作难。总之，若有机会定向兄台赔罪，原稿暂且退还。草草。

《秘中之秘》编辑部

　　一个无月的暗黑之夜，湖心的波浪哗啦哗啦地舔舐着船腹，水深应该不到五百庹[1]吧，被这孩子天真无邪的回复所打击，我，还有女人，陷入凝滞的恐惧，甚至仿佛能听到来自地狱深处的幽微的召唤声。让我连死都忘得一干二净的那晚的寒冷北

---

[1]　成人两臂左右平伸时两手间的距离。一庹约合五尺。——译者注

风，从这一叶明信片的一角呼啸袭来，所以我才不想回家，拿这三界无家的荒凉之心不知如何是好，漫无目的地外出闲晃，越过电车轨道，穿过原野，走过田间，不久，到达了我从未见过的美丽城市。

　　无处可去的不安之夜，将三十八度的体温，用阿司匹林降至三十七度二三，去火车站，买三四十分钱的车票，突然出发前往某个陌生的城市，慢吞吞地穿行于昏暗的闹市，在路边一棵突兀的松树下驻足仰观其枝势，然后卖掉怀里的书，走进电影院。入口的风铃声令人难忘，我一面小解，一面望着窗外庙会上的电石灯周围的那群身穿浴衣的人，心想：啊，大家都活着。眼泪夺眶而出，不过，"有感而泣"这种事是很无聊的，市民在表达其生活中的至高感动时，会露出泪流满面陷入悲伤的模样，别人和自己都深为首肯。"噢，噢，噢，很悲伤吧。"以这样一种感同身受的姿态保持着最彻底的冷静，那么，我该怎么办？躲开所有人懊悔地哭了一整天的我，该怎么办？那天也是，我在市川站突然下车，看了一场名叫《兄妹》①的电影，随着剧情发展，终至方寸大乱，纵是咬紧牙关仍不免唏嘘，似乎迟早都将放声大哭，怎么也控制不住，便连滚带爬地逃出小屋，尽情地哭啊哭啊哭啊，然后思考。软弱、被践踏、事到如今没脸

---

① 改编自室生犀星于1934年发表的同名小说，讲述了兄长与两个妹妹间复杂而深刻的情感纠葛。——译者注

道出恨意的人忍了又忍，一再克制，犹如被人踩在脚下的尘芥，是腐烂的女人在弥留之际对神的坚定的抗议、沉痛的愤怒，使我哭了出来，这一点不能忘记。人之子，终其一生，当有三次真正的愤怒。这是摩西的低语。

　　无论是谁，只要活着，就该好好地尊敬、要求。凡有生命的，皆为世间不可或缺的重要齿轮，倘若非难别人，不能理解对方的可贵之处乃至其寂寞，就绝无资格当作家。世上无一无用之长物。正因有了兰童①，某女演员的痴恋才为人所知，菊池宽的宽仁情义才备受赞誉，还有兰童专门去的××的闺房里才开出了令夫人感谢的素朴的白花。

　　"明信片已拜阅，我的原稿，无论如何都……不行吗？"

　　"是的，不行啊。这个是别人写的原稿，像这样的才可以。真实，有统计意义，总之，请把你的原稿重读一遍，然后想一想吧。"

　　"我，本就是个蹩脚的作家，除了懊悔地哭着写作，别无他法。"

　　"失恋自杀，如何了？"

　　"请借我些钱坐电车。"

---

① 福田兰童（1905—1976），昭和时期的尺八演奏家、作曲家、随笔家，其妻为女演员川崎弘子。

"……"

"我是全指望你来的，所以身上一分钱也没有。回家就有了，马上就还你。一元、两元也好。"

"市内没有朋友吗？"

"我叔父在赤羽。"

"那你就走一趟吧。怕啥呀，这么近。绕过护城河，从参谋本部那里去到日比谷，然后到新桥站，赤羽就在那后头嘛。"

"是吗？那……谢谢。"

"走了。再来玩啊。到时候补偿你啊。"

果然还是不会发火，只得在烈日当空的都市尘埃里，三番五次地头晕目眩，想被汽车碾轧，接连横穿马路，走了二十多里地，想到的是：人，都是善良的。暴雨如注的一夜，郊外道路泥泞不堪，我跌跌撞撞地来到荻洼的邮局，求对方尽快发一封电报，却被告知："现在已超出受理时限，比规定时间晚了七分钟，得收双倍费用。"

我顿时不知所措，仍像个落汤鸡般，因这意外的耻辱而浑身发烫，发出蚊鸣般的声音："现在我身上的钱只有三十分整，是我疏忽了。请务必帮帮忙。"尽管如此恳求，那个三十来岁满嘴黄牙的枯瘦老妪，根本不理睬我，只嘟囔着"规定就是规定"，将算盘打得啪啪作响。面对如此过分之事，我说不出话来，垂头丧气地离开了，但在滂沱大雨中，身无分文的所谓贱民，犹自慈眉善目地微笑低语：

"世上竟有如此荒谬之事？毋庸置疑是恶人，我有生以来的二十八年间所见之恶人，唯那女职员一人，余者皆是和我一样的良善之辈。方才那编辑的无礼，也不过是他在无戒备下露出的外表罢了。我竟天真地认定，作家这种人，就是什么都明白，受的苦全往自己肚里咽，不冲别人发火。所谓爱之深则恨之切，指的就是这种事？"

我爱这世上的愚昧之民。

歌唱
娜塔莉亚小姐，
我们接吻吧

不同于前一日的贱民，我又成了那个坐在帝国饭店的餐厅里，穿着碎花纯麻布和服、套罗纱裙裤和白袜的如假包换的太宰治。戴着劳埃德式粗框眼镜①、身穿今年流行的奥林匹克蓝礼服的浅田夫人，闺名萱野。我俩一面谈笑一面用餐，佯装无事。

　　昨日，我采取最后的手段，偏偏朝萱野小姐借了二百元，不，是二十张十元纸币。我俩在资生堂二楼的包房里见了面，不等我说完要借二百元，她就连忙点了三四次头，迅速转移了话题。两个钟头后，在同一个地方，萱野小姐将二十张满是细菌、又皱又脏的纸片，尽量装作满不在乎地亲手交给我，轻声笑道："我可是预支了我家的薪水哟。"这可恶的谎言，为浇熄我眼中的熊熊烈焰而埋下的警戒的伏笔，连如此细微之处也不放

<hr>

① 美国演员哈罗德·劳埃德常戴的一种粗框圆形眼镜。——译者注

过，我不禁悲从中来。那一夜，在花都，我不断钻过霓虹森林，在那一棵棵树的周围穿来绕去，一圈圈地徒然奔波。不能用。无论如何，那钱也不能用。奴婢之爱。女佣房中已变成红褐色的无封边榻榻米，发出传统头油的味道，感觉就像从竹箱底部颇难为情地掏出三用荷包，一张、两张地逐一数出皱巴巴的纸币，在我眼前排开交给我。天一亮，我就打了电话。

"我突然得到一大笔意外之财，可以还钱了。"我以公事公办的口吻说完，又补充了一句，"地点在帝国饭店。"我想搭建一个华丽豪壮的舞台，至少可作为离别之地。

那一日，是个大晴天，数个钟头的谈笑过后，我拿出钱，话里话外暗示对方，这并非昨晚那二十张纸钞，比那要新，但同时，我也突然发现，那些钞票仍保持着昨晚从这女人手中接过时的模样，其中三张的边角染了红墨水渍，然而为时已晚，只能暗自祈祷萱野小姐不会发现，我以不逊于米勒之《晚钟》的虔诚，躲在人生这道大幕之后的阴影里祈祷。

"萱野小姐，请数一数。得算清楚嘤！为了活下去，尴尬—— 一时的尴尬，无论如何也是必要的。"

她是个善解人意的女子，正确地捕捉到了我的心思，微抿着嘴点了点头，以笨拙的手法数了起来。十七张。她忽然歪了歪头，一下子就明白了。蔷薇复苏了。她缓缓仰起含羞的红脸蛋，见我露出狡黠的、漫不经心的笑容，便发出一声小女孩般的无染的叹息，即便如此，仍不忘轻声留下一句值得感激的话：

"好深奥啊，谢谢你。"

就这样，分手了。花一万五千元的学费，学习，然后，学到的是"两个人，仅仅处在同样怀有强烈的单相思的阶段，还是就此分手吧"这种乏味的礼仪、残忍的礼法。啊，确实，愤怒成就爱欲的至高形貌，云云。

拾唱

我也很痛苦

"喂，拉开隔扇时，可得当心点儿，说不定什么时候，我就突然站在门槛外了。"某日，我笑着嘱咐妻子。

妻子一言不发，直勾勾地盯着我，显然大受打击，几欲发狂，吓得说不出话来，嘴唇都白了，就那么坐着向后退去，一尺、二尺，终于逃到隔壁六叠大的房间，这才似乎回过神来，无声地痛哭起来。妻子的紧张，从那天直至今日，始终未得解止，不知从何时起竹制衣架全撤走了。原来如此——那时我才注意到，竹制衣架挂上和服后，同做那种事的样子一般无二。此外，我曾瞥见，她要将钉在房间四角挂蚊帐用的三寸钉拔掉，本就是身高仅有四尺四寸的小个子，却极力伸长胳膊与高处的钉子苦战。

我躺在藤椅上，注视着正在庭院里薅草的妻子，那纯白的家居服，使她越发像护士，我不由得心生怜悯。我家有个毛病，丈夫定然早逝，有段时间，曾祖母、祖母、母亲、姑母四个寡妇都在一起。尤其是姑母，前后失去了两任丈夫。

128

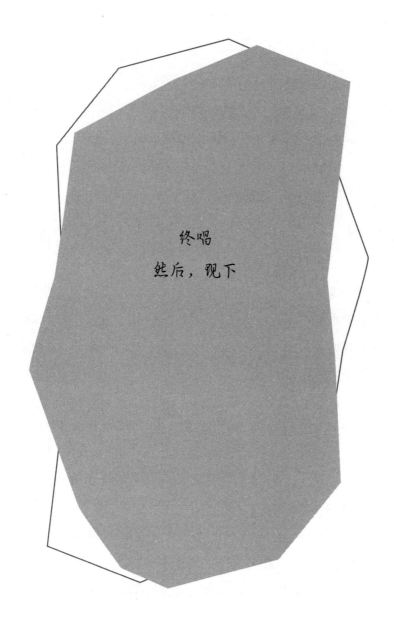

终唱

然后，观下

艺术，本是热闹、华丽的祭典。普希金自不待言，芭蕉、托尔斯泰、纪德，都是杰出的新闻工作者。那个在钓舟中独自穿着蓑衣，不忘主动将自己与船老大及其他人区分清楚的年近八十的青年——××翁的无可救药的陋习，你看见了吗？不过，那样也好。艺术，本是婚外恋的辩解——闲话暂且不提，与萱野小姐的事，就再无下文了吗？啊，无论是怎样的浪漫爱情故事，都不得不承受宿命般的要求，以不畏惧神的低劣结局收尾。狡猾的读者，读过开头的五六行，再不动声色地偷看结尾的一行，便打个大哈欠："啊，差劲差劲。"好吧，那我就创造一个真正未曾有过的、云消雾散的结局，让你那腐臭的五脏六腑好好翻腾翻腾。

于是，然后——我们没有放弃。帝国饭店的黄色正午，隔着餐桌起立，用清澈的眼眸，端详对方的瞳孔。变强吧，变强。烈风，以"别说衣服了，连骨头也要撕成碎片"的气势，在我俩身边呼啸，能瞧见的，只有对方的蓝口罩，余者皆被万丈黄尘吞没，不留一物。我俩顶着暴风，踉踉跄跄，推开桌子，互握双手，抓住手臂，贴紧身体，拥抱在了一起。20世纪的旗手大人，须得先行动，然后，健全的思念便会接踵而至。比起当尼姑的阿光，我更爱阿染、阿七、阿舟①。总得先试试吧。声音大的言论，会成为"真理"。被人骂"蠢货"时，要用两倍、三倍大的声音回敬"蠢货"。事实胜于雄辩，没什么能妨碍我们结婚。

"这，就是我和你的结婚罗曼史。故事被我稍经润饰以增添情趣，你若不满意，我可以只对那部分做特别订正。"

"这不是我。"那白衣妻子答道。她笑也不笑一下，坚决地摇了摇头，"这样的人，根本就不存在。你是利用这种不可能存在的替身，想方设法企图蒙混过去吧。有关那位的事，你死活也写不出来，这种痛苦我理解，但还有别的女人也很痛苦呀。"

所以，我早就声明过了，名字不能说，连谈了恋爱的迹象也不能透露，很痛苦——即使嘴巴紧闭直到烂掉也不能说——不义。

---

① 阿光、阿染、阿七、阿舟均为歌舞伎中的女性角色。阿光的未婚夫与阿染相爱，阿光为成全对方，最终选择出家为尼，而阿染以及其他剧目中的阿七、阿舟，都是为爱奋不顾身的女性形象。——译者注

啊，欺骗吧，欺骗吧。只要欺骗一次，你，死也不能自白、忏悔。心中的秘密，绝对保密，狡猾的极致，不向任何人吐露，就这样静静地断气吧。既而去往冥府，不，在那里也只能沉默地微笑，对谁也别说。欺骗吧，欺骗吧，巧妙地欺骗，比神更高明地欺骗，欺骗吧。

你就乖乖地受骗吧。人，要是不被骗上七次的七十倍，就找不到真爱的微光。谎言，是让自己舒适的、充分美丽而快乐的、被静静地端上来的美味佳肴，果实堆积如山，你就默默地接受、享受吧。这世间，稍稍热闹一点才好。你懂吧？乡下戏台子，油菜花田里架着镜台，用苇帘围起的后台的旦角，只要递上十元赏封，前台的花道就会立刻贴出其手墨，字曰：

"金壹千元也，书生公子赠。"

以此营造繁荣。却不曾想，我国自古以来的文学精神，即在于此。

那句话，这句话，分别写满近三十册杂记本，都是带给你快乐的礼物，然而不幸的是，关税高得不像话，可惜无数的宝物，被扔进衙门那铅皮屋顶被漆成蓝色的仓库，锁得严严实实，自那以后，十个月过去了，从樱花漫天经伊蚊袭扰，再到蜻蜓飞舞，红叶飘零，直至人人身披黑斗篷徘徊于街头巷尾的腊月，筹款终于成了。那就是，从近三十个行李中，找出一个最廉价、最微不足道的小小的竹笼，打开闪闪发亮的黄铜挂锁，映入大家眼帘的便是，哎呀，哎呀，这可真是出乎意料，居然是千百只思念的小蟹，主人惊慌失措，追追那只，追追这只，写一行就撕掉，写一语就撕掉，渐渐悲从中来，在黄昏的房间一隅握紧钢笔，低声抽泣。

灯
笼

越分辩，别人越不信我。遇见的每一个人，都提防我。哪怕只是出于怀念，想见个面而去拜访，人家也以"你来做甚"似的目光迎接我。真受不了。

已然哪儿也不想去了。纵是前往附近的澡堂，也必定选在日暮时分。我不想让任何人看到我的脸。即便如此，我仍觉得，在盛夏时节，我的浴衣白晃晃地飘浮在暮色中，惹眼得可怕，使我窘得要死。昨天，今日，天气乍寒，快到穿哔叽毛衣的季节了，所以我打算尽快换上黑色的单衣。若仍是以这般境况度过秋天，度过冬天，度过春天，再度迎来夏天，又不得不穿白浴衣出门，那就太过分了。至少到来年夏天，希望自己能拥有新身份，可以无所顾忌地穿牵牛花纹样的浴衣出门，薄施淡妆走在庙会的人群中，一想到彼时的喜悦，此刻已然心潮澎湃。

我盗窃了。没错。不觉得是做了好事，但……不，我从头讲。我是要向神诉说，我不依靠别人，能相信我的话的人，相信就好。

我，是贫穷的木屐匠家的孩子，而且是独生女。昨晚，我坐在厨房里，正切着葱，从屋后的空地，传来一个孩子的哀切的哭叫声——"姐姐！"我突然停手，心想：我若是也有那么爱我哭着唤我的弟弟或妹妹，或许就不至于落到这般凄凉的境地。念及此处，被葱味刺痛的眼中，热泪夺眶而出，用手背去擦拭，却越发被葱味刺激，泪水一直流个不停，不知如何是好了。

那个任性的姑娘，终究成了恋男狂——

从理发师那里传出这样的谣言，是在今年的叶樱①时节，瞿麦花和菖蒲花开始出现在庙会的夜市上，不过，那时候真的很开心。一到傍晚，水野先生就来接我，而我，天黑之前就已换好衣服，妆也化好，无数次地在家门口进进出出。邻居们见了，偷偷地指着我窃窃私语发笑，说什么"木屐匠家的咲子的恋男狂发作了"。后来我也知道了。父亲和母亲也都隐约感觉到了吧，尽管如此，却无话可说。

我，今年已二十四岁，既未能出嫁，也没人肯入赘，究其原因，一是家里太穷，除此之外，还在于母亲曾向父亲坦白，说自己是镇上颇有势力的地主的小妾，她背恩负义跑来父亲家，不久便生下了我。可我的眉眼，既不像地主，也不像父亲，因而母亲越发被孤立，大家都认为她应当是没脸见人的，既然生

---

① 樱树花落后长出嫩叶。——译者注

在这样的家庭，我成不了婚也就理所当然了。不过，以如此气量，纵然生在大富大贵的豪族之家，说不定仍是命中注定无姻缘的。

尽管如此，我并不恨父亲，也不怨母亲。我，是父亲的亲女儿。不管谁说什么，我始终坚信这一点。父亲和母亲，都很疼爱我，我也很孝顺。父亲和母亲，都是软弱的人，甚至对我这个亲女儿也总有些客气。我认为，对小心翼翼的软弱之人，大家必须多些关爱，温柔相待。我一直以为，为了父母，承受再大的痛苦和寂寞也得忍下去。然而，自从结识了水野先生，在孝敬父母这方面，我还是有些疏忽了。

说来惭愧，水野先生是比我还小五岁的商业学校的学生。但是，请宽恕我，我别无他法。我和水野先生，是今年春天我左眼患病去附近眼科看大夫时，在那家医院的候诊室里相识的。我是个容易一见钟情的女人。当时他和我一样左眼戴着白眼罩，不悦地皱着眉头将一本小词典翻来翻去到处查找，那样子看起来相当可怜。因着眼罩，我也心下郁郁，便望向候诊室窗外的米槠树的嫩叶，然而米槠树的嫩叶被强烈的热浪包裹着，看上去犹如熊熊燃烧的青焰，外界的一切，似乎都存在于遥远的童话国度，而水野先生的容颜，之所以在我眼中是那么美丽而珍贵，仿佛不属于这俗世，一定也是眼罩的魔力所致。

水野先生是个孤儿，没人真正关心他。他家本是生意尚可的药材批发商，母亲在水野还是个婴儿时就亡故了，父亲也在水野十二岁时去世，自此家道中落，两个哥哥和一个姐姐分别被远亲领养，天各一方。身为老幺的水野先生由店里的掌柜收养，现下虽得以就读于商业学校，但似乎每天仍过得相当窘迫、苦闷。他自己也曾感慨说，唯独和我一起散步时才是快乐的。在日常生活上，他似乎也有种种不便，说是已跟朋友约好，今夏同去海边游泳，却瞧不出半点开心，反倒萎靡不振。于是当晚我便盗窃了，偷了一条男泳裤。

我冲进镇上品类最全的大丸家的商店，假装挑选连衣裙，偷偷地将身后的黑色泳裤用两手倒替着拽到身边，紧紧地夹在腋下，悄悄地出了店门，走出四五米远，身后传来"喂喂"的喊声，我吓得几乎哇哇大叫，恐惧之下，开始发疯似的狂奔。"小偷！"身后响起粗大的叫声，我肩头挨了重重的一掌，打了个趔趄，猛然回头看去，脸上又被狠狠地扇了一记耳光。

我被带去了派出所。派出所门口人山人海，尽是镇上的熟人。我发髻散乱，从浴衣下摆甚至露出了膝盖。那副模样，自然惨不忍睹。

警察让我坐在一间铺着榻榻米的小屋里，问了我许多问题。那是一个肤色白净、细长脸儿、戴着金边眼镜、面目可憎的二十七八岁的警察。他大致询问了我的名字、住址和年龄，一一写在记事本上，然后突然狞笑起来。

"这是第几次了？"

我顿时不寒而栗，想不出该如何回答。若是张皇失措，将被关进监狱，判以重罪。必须设法巧言搪塞过去。我拼命搜寻遁词，却只觉如堕五里雾中，不知该说什么，那种恐惧实为前所未有。好似喊叫一般勉强说出口的话，连自己都觉得突兀到离谱，却不料一言既出，竟像是被狐狸迷住了似的，变得滔滔不绝，状若疯狂。

"不能关我进监狱。我没错。我二十四岁了，二十四年来，我一直都很孝顺，很努力很努力地侍奉父母，我有什么错？我从不曾被人在背后指指点点说闲话。水野先生是一位优秀的人，要不了多久，他一定会成为大人物的。对此，我很清楚。我不想让他丢脸。他跟朋友约好了去海边，我想让他打扮得不比别人差，然后再去赴约，这有什么错？我，是个笨蛋。尽管很傻，我也要让水野先生打扮得漂漂亮亮给大家瞧瞧。

"那位先生，是出身高尚的人，和别人不一样。我怎样都无所谓，只要他能出人头地，我就心满意足。我是有工作要做的，不能关我进监狱，活到二十四岁，我从未做过一件坏事。不是拼命照顾软弱的父母了吗？不要，不要，不能关我进监狱，没理由让我坐牢。二十四年来竭尽全力，然后只是一夜之间，突然错误地动了动手，仅此而已，就要把二十四年来——不，是把我的一生弄得一团糟，这可不行！那样不对，在我简直匪夷所思。一生仅此一次，右手在不经意间移动了一尺，就能证明是惯偷吗？太过分了，太过分了。不过是仅有的一次，区区两三分钟的小事而已，不是吗？我还年轻，人生才刚开始，我将一如既往地忍贫受苦活下去，仅此而已。我不会有任何改变，依然是和昨天一样的咲子。

"一条泳裤，能给大丸先生带去多大麻烦？不是有那种人吗，靠骗人榨取一千元两千元，不，甚至毁人家业，却被万众称颂。监狱究竟是为谁存在的？尽是没钱的人被关进去。他们，定是骗不了人的软弱正直的性子。因为没那么坏，不会靠骗人换好日子过，所以渐渐被逼得走投无路，才做出那种蠢事，强抢两元三元，然后不得不坐上五年十年的牢，哈哈哈哈，可笑，可笑，这算咋回事嘛，啊，荒唐透顶。"

我定是疯了吧，一定是的。警察脸色苍白，一直盯着我看。我突然喜欢上了那位警官，一边哭，一边仍勉强露出微笑。看来，我似乎是被当成精神病患者了，警察小心翼翼地带我到了警察局。当晚，我被关进拘留所，到了早上，父亲来接我，我就回家了。一路上，父亲只轻声问了我一句"没挨打吧"，别的什么也没说。

看了当天的晚报，我的脸直红到耳根。我的事被报道了，标题是：

偷窃也有三分理

——精神异常的左翼少女滔滔不绝的花言巧语

耻辱不止于此。邻居们在我家周围徘徊不去，初时我还不明就里，可当我意识到大家都是来偷看我的时候，我不禁瑟瑟发抖。我渐渐明白了，我那一点小小的动作，竟是何等重大的事件。当时家里倘有毒药，我大概会毫不犹豫地吞服；附近若有竹林，我也会平静地步入其中上吊自尽吧。那两三天，我家把店关了。

不久，我收到了水野先生的来信。

我，是这世上最相信咲子小姐的人。只是，你受的教育不够。你虽是正直的女性，但所处的环境仍有欠缺。我努力想改正它，可有些东西终究是改不了的。人，须得有学问。前几日，我和朋友一同去洗海水浴，在海滩上就人类的上进心之必要性，讨论了很久。我们，大概很快就会出人头地了。咲子小姐，你以后也该谨言慎行，虽犯罪之万一亦须补偿，向社会深挚地谢罪，社会之人，恨其罪不恨其人。

水野三郎

（阅后务必焚毁。信封也请一并烧掉。切记）

这，即是信的全文。我竟忘了，水野先生本就是有钱人家出身。

如坐针毡的日子一天天过去，天已变得如此之凉。

今晚，父亲说："电灯这么暗，真憋屈。"遂将六叠大的房间所适用的灯泡，换成了五十烛①的亮灯泡。

然后，一家三口在明亮的灯光下，吃了晚饭。

母亲说："啊，好晃眼，好晃眼！"把拿筷子的手遮在额前，兴高采烈。

而我，也给父亲倒了杯酒。我悄然告诉自己，我们的幸福，终究不过是给房间换个灯泡罢了，心下倒也并不如何凄怆，反而觉得，点亮了这朴素的灯泡的我们一家，像格外漂亮的走马灯一样，有宁静的喜悦泛上心头，令我甚至想对庭院里的鸣虫说：要看就看吧，我们一家人是美好的。

① 发光强度最初是用蜡烛来定义的，单位为烛光。——译者注

姥

舍

"不要紧，我会处理好的。一开始就下定了决心，真的。"和枝低声说，声音听来有点怪。

　　"那怎么行？你的所谓决心我很清楚，不是企图只身寻死，就是打算自暴自弃，没错吧？你毕竟双亲健在，还有个弟弟，我既已知道你打的什么主意，就没道理装聋作哑袖手旁观。"嘉七说着这些好像深明大义的话，却突然也想死了。

　　"死？那就一起死吧。神也会原谅我们的。"

　　两人肃容开始打点行装。

　　妻子爱抚了错误的人，丈夫严重荒废日常生活致使妻子被迫做出那般行径，两人便想来个一死百了。早春一日，夫妇俩将当月的生活费十四五元尽数带上，以及两人所有的换洗衣服——嘉七的棉袍、和枝的夹衣各一件，腰带两条，再没别的了。拿包袱皮裹了这些东西，由和枝抱着，夫妇俩难得地并肩外出。丈夫没有斗篷，身穿藏蓝地碎白花布和服，头戴鸭舌帽，颈系藏青色丝绸围巾，只有木屐是雪白簇新的。妻子也没有大衣，外褂和中衣是一样的箭翎图案平纹丝绸质地，浅红的外国制布披肩盖住了上身大半，很不相称。来到当铺跟前，夫妇俩分头行动。

正午的荻洼站，不断有人进出，喊嚓之声不绝于耳。嘉七默立在站前抽烟。和枝毛毛腾腾地四处寻找嘉七，一认出他的身形，就跌跌撞撞地跑到近前。

"成功了！大成功！"她欢呼雀跃，"足足当了十五元，那些家伙真蠢。"

这女人不该死。不能让她死。她身上尚有活力残留，不像我已被生活压垮。她不是该死的人。仅凭着"曾企图寻死"，她就对得起这个世界了。如此足矣，她应该能获得原谅吧。那就好，我要孤身赴死。

"你立功了。"嘉七微笑着表扬她，想轻轻拍拍她的肩膀，"加起来有三十元呢，能进行一趟小旅行了。"

两人买了去新宿的票，到站下车，跑去药店买了一大盒安眠药，又去别家药店买了一盒不同种类的安眠药。嘉七是让和枝在店外等着，独自笑呵呵地进店买药的，因而药店的人并未生疑。最后进入三越百货店，走向药品区，仗着店里人山人海，嘉七胆子壮了些，要求买两大盒安眠药。有着又大又亮的黑眼珠、看上去一本正经的细长脸女店员，眉间浮现出几道狐疑的褶皱，面露厌色。嘉七也吓了一跳，情急之间连微笑也挤不出来。药品是经冷漠之手递过来的。她正踮脚看着我们的背影——嘉七心里清楚，便故意同和枝紧紧偎依着步入人群。纵然自己的步伐如此镇定，在别人看来仍会显得异样，嘉七只觉悲从中来。后来，和枝在三越的特卖场买了一双白袜，嘉七买了上等的外国烟草，便离开了。两人坐上汽车，去了浅草。进入电影院，那里正在上映一部名为《荒城之月》的电影。片头映出乡下小学的屋顶和栅栏，响起孩子的歌声，嘉七不禁为之落泪。

"据说情侣呀，"嘉七在黑暗中对妻子笑道，"都是一边看电影一边握着手的。"出于怜悯，嘉七试着用右手拽过和枝的左手，上头用鸭舌帽遮盖，紧紧握住和枝的小手，但在身处如此痛苦立场的夫妇之间，这样的举动让人感到不洁，嘉七害怕了，轻轻地放开了手。和枝低声笑了，不是因嘉七那笨拙的玩笑，而是为了电影里的无聊噱头。

这是个看电影就能感到幸福的朴实的好女人。这人不能杀。这样的人要是死了，岂不荒谬。

"不然别死了吧？"

"好啊，请便。"她出神地看着电影，断然答道，"我本就打算一个人死。"

嘉七体会到了女儿身的不可思议。离开电影院时，天色已晚。和枝说想吃寿司，嘉七觉得寿司有腥味，不喜欢。而且今晚，他想吃更贵一点的东西。

"寿司可不行。"

"但是我想吃。"教给和枝任性之美德的，正是嘉七本人。他教她的时候，摆足了架子，还将隐忍服从时的道貌岸然当作不纯真的例证。

都是我该遭的报应。

在寿司店喝了点酒，嘉七要了炸牡蛎。他试着告诉自己，这是在东京的最后一餐，但仍不由得苦笑。妻子在吃生金枪鱼片紫菜寿司卷。

"好吃吗？"

"不好吃。"她像是打心底讨厌似的，却又拿起一个塞进嘴里，"啊，真难吃！"

两人都不怎么说话。

走出寿司店，又进入相声馆。满员，没位子坐。站着的一众观客你推我搡，快溢出入口了，即便如此，仍不时齐声大笑。在观客们的推搡下，和枝被挤得离开嘉七足有十米远。她因为个子矮，从人缝里瞄向舞台便格外辛苦，看上去像个土里土气的乡下姑娘。嘉七也陷在人群里，频频踮起脚，惦记着寻找和枝的身影。较之舞台，他更多时候是在看和枝。黑包袱被他紧紧地抱在胸前，里面还包着药呢。正到处探头探脑急欲看到舞台艺人的和枝，也不时回头寻找嘉七的身影。即使彼此视线交会，两人也不曾微笑，双双面无表情，但毕竟放心了。

我很是受了那女人的照顾，这可不能忘。责任都在我身上。世人若要指责她，我必须不顾一切地保护她。那女人，是个好人。我很清楚，也很相信。

这次的事呢？啊，不行，不行。我不能一笑了之。不行啊。唯独那件事，我没办法无动于衷，我受不了。

原谅我。这是我最后一次自私。伦理上，我能克制，感觉上，我受不了。我实在忍不住。

欢笑的声浪在馆内哄然散开。嘉七向和枝使了个眼色，来到馆外。

"我们去水上吧，好不好？"去年整个夏天，两人是在一处名叫谷川温泉的山中温泉浴场度过的，从水上站徒步攀登约一个钟头就能到达那里。那个夏天实在太过苦涩，但正因如此，现在反而像色彩浓郁的明信片一样，甚至变成了甜美的回忆。白花花的骤雨中的山川，让人觉得可以悲哀地死在那里。一听说要去水上，和枝浑身突然变得生气勃勃。

"啊，那我得去买糖炒栗子，大娘一直念叨想吃呢。"和枝似乎很爱讨好那家旅馆的老妇人，而她也颇得对方青睐。那是一家不大完备的小民宿，只有三个房间，还没室内浴池，想泡澡只能借用隔壁大旅馆的，或是雨天打伞——夜里则要拿灯笼或蜡烛，去下面的山涧河滩泡露天小浴池。店里只有一对老夫妇，似乎膝下无子，尽管如此，三个房间偶尔也会住满，那时老夫妇便忙得不可开交，和枝好像也会去厨房说不上帮忙还是捣乱。伙食也与众不同，居然配有咸鲑鱼子和纳豆，并非一般旅馆提供的菜式，这让嘉七住得很舒心。

有一次老妇人犯牙疼，嘉七看不过去，拿来阿司匹林给她吃，谁知效果实在太好，老妇人很快便睡着了，平时就对老妻疼爱有加的丈夫，很担心似的在一旁转来转去，惹得和枝哈哈大笑。

还有一次，嘉七一个人低着头在旅馆附近的草丛里摇摇晃晃地踱来踱去，无意间朝旅馆的玄关看了一眼，只见在那幽暗的玄关楼梯下方的铺木板的房间里，老妇人正缩成一团坐在地上，出神地望着嘉七的身影。那成了嘉七的一个珍贵的秘密。

说是老妇人，其实不过四十四五岁，是个容貌秀雅、温和大方的富态女子。丈夫好像是她家的养子，她便成了他的老妻。和枝买来糖炒栗子，嘉七劝她多买了一些。

上野站有故乡的气息，嘉七总怕在这里遇见老乡。尤其那晚，他打扮得就像放假时四处闲逛的店伙计和女佣一样，生怕被人认出。在小卖部，和枝买了《摩登日本》的侦探小说特辑号，嘉七买了小瓶威士忌，然后两人乘上了开往新潟的十点半的火车。

面对面坐下后，两人微微一笑。

"喂，我穿成这样，大娘会不会觉得奇怪呀？"

"不要紧的。你就说咱俩去浅草看电影，回来时我喝醉了，吵着非要去水上的大娘家不可，于是就直接过来了。"

"说得也是。"和枝显得满不在乎，很快又道，"大娘会吓一跳吧。"火车尚未发车，她一直静不下来。

"会高兴的，一定会的。"发车了，和枝脸色蓦地一僵，瞥了一眼站台。这就结束了。大概是胆子壮了，她解开膝上的包袱，取出杂志翻看起来。

嘉七觉得腿脚酸软，偏只心脏跳得起劲，很不舒服，便以吃药般的心态，直接对着瓶灌了几大口威士忌。

要是有钱，就不必让这女人死。那个男的，若是个稍微爽快点的人，事态就不至于发展到这一步。看不下去。这个女人的自杀，毫无意义。

"喂，我是个好孩子吗？"嘉七冷不防开口，"我是不是只顾自己当个好孩子？"

他的声音很大，和枝慌了一下，然后便皱起眉头生气了。嘉七则怯懦而矜持地笑了。

"可是，"他装傻充愣，故意不必要地放低声音，"你还没有那么不幸呢。毕竟你是普通的女人嘛，不好也不坏，就本质而言，是个普通的女人。而我不同，我是个很出格的家伙，看来还不如普通呢！"

火车过了赤羽，过了大宫，在黑暗中不停地奔驰。由于酒意上涌，加上车速的刺激，嘉七变得能说会道。

"被老婆嫌弃，却束手无策，只会像这样跟在老婆屁股后头转来转去，我知道那是何等不体面。我很蠢，但我不是个好孩子。我不想当好孩子。我人很好，被女人骗，却放不下对方，被她拖着去死，艺术伙伴们说我单纯，世人说我是懦弱的滥好人，可我并不想得到那些敷衍的同情。我将死于败给自己的痛苦，而非为你去死。我也有很多缺点，我太依赖别人，过于相信别人的能力。对此，以及其余种种可耻的失败，我自己都很清楚。我想方设法要过普通人的生活，是多么努力才撑到现在的，你多少也该有些了解吧？一根稻草，一直靠它活着。似乎一丁点重量就能压断那根稻草，我明明已拼尽全力，你应该知道吧。并非我软弱，而是痛苦太沉重。这，是抱怨，是愤恨，但我若不开口讲清楚，别人——不，即便是你，也会过于相信我的脸皮之厚，从而轻蔑地以为，那个男人嘴上喊着痛苦痛苦，实则只是故作姿态、装模作样罢了。"

和枝开口了。

"不，没关系。我不是在指责你。你是个好人，从来都很纯朴，别人说什么你就信什么。我并不想指责你。纵然是我那些远远比你更有学问的多年老友，也不了解我的痛苦，不相信

154

我的爱情。这也难怪，总之是我太差。"说着，和枝脸上露出微笑，一瞬间竟显得有些得意，"我知道了。不用再说了。要是被别人听到，岂不糟糕？"

"你还是什么都不知道。在你眼里，我就是个大蠢蛋。我呢，如今，在内心的某个角落，仍藏着想当个好孩子的念头，我为此痛苦不堪。和你在一起已经六七年了，可你一次也不曾……不，我并不想因为那种事指责你。这也难怪，不是你的责任。"

和枝没在听，默不作声地看起了杂志。

嘉七的表情变得严肃起来，对着漆黑的车窗自言自语似的继续说道："别开玩笑了，为何我就得是好孩子？看看别人是怎么说我的，骗子、懒汉、自恋、奢侈、淫棍，此外还有许多可怕的恶名。然而，我却默不作声，一句辩解都没有。我有我的信念，但那是不能说出来的，否则就全完了。我还是得考虑历史性的使命，只靠自己一个人的幸福是活不下去的。我想扮演具有历史意义的反派角色。犹大越是邪恶，基督的温柔之光就越明亮。我一直以为自己是行将灭亡的人种。我的世界观是这么告诉我的。我尝试了强烈的反题。对行将灭亡之物的恶越是强调，随之诞生的健康之光的反弹就越强劲。——我一直相信并为之祈祷。我一个人的境遇，怎样都无所谓。作为反证法的我这一角色，若能对接下来诞生的明朗稍有贡献，我便死亦无憾。换作任何人，可能都只是笑笑，不会当真，实际上，我也这么觉得。我就是这么蠢。也许，是我失算了。也许，我还是有些自满了。也许，那才是甜美的梦，毕竟人生不是演戏。反正我输了，不久就要死了，至少你一个人要坚持下去。——这种话，也许是错的。舍命烹制出的充满尸臭的菜肴，连狗都不会吃。也许，收到这菜肴的人反而为难。也许，我若不能与别人共享荣光，那就毫无意义。"

车窗自然不可能回应。嘉七站起身，摇摇晃晃地向厕所走去。进了厕所，关好门后，略一踌躇，双手合十。那是祈祷的姿势，丝毫没有装模作样。

到达水上站是凌晨四点钟，天色尚暗。一直担心的雪也已大抵消泯，只在车站背阴处静静地留有淡灰色的残雪，嘉七心想，这样的话，也许可步行去山上的谷川温泉，但出于慎重，他还是叫醒了站前的计程车司机。

随着计程车以闪电般的曲折轨迹绕上山来，夫妇俩发现，山野覆盖着皑皑白雪，几乎映亮了黑暗的天空。

"好冷啊，没想到这么冷！在东京，已经有人穿哔叽毛衣走在街上了。"和枝甚至跟司机闲聊起衣着来，"啊，那里右转。"

旅馆快到了，和枝现出了活力。

"他们一定还在睡觉呢。"接着又对司机说，"对，再往前一点。"

"好，停。"嘉七说，"余下的路走着过去。"前方的路很窄。

弃了计程车，嘉七与和枝都脱下袜子，步行约五十米走到了旅馆。路面的雪快化光了，半融不融地积着薄薄的一层，浸湿了两人的木屐。嘉七刚要敲门，落后一步的和枝飞快地跑了过来。

"让我来敲门，我叫大娘起床。"活似一个争功的孩子。

旅馆的老夫妇吃了一惊。譬如说，他们很是悄没声儿地慌了一阵。

嘉七独自快步登上二楼，走进去年夏天住过的房间，扭开了电灯的开关。楼下传来和枝的声音。

"因为他吵着非要来大娘这里嘛！艺术家呀就是个小孩子！"她很兴奋，似乎并未意识到自己正在撒谎，又提到东京人穿哔叽毛衣了。

老妇人悄然上到二楼，慢慢地打开房间的挡雨板。

"谢谢你们大老远地过来。"

她说了这么一句话。

外面天色微明，雪白的山腰近在眼前。再往山谷里看，只见蒙蒙晨雾底下流淌着一条黑魆魆的山涧。

"这里冷得吓人。"嘉七是骗她的，他没觉得有那么冷，"真想喝点酒。"

"不要紧吧？"

"嗯，身体已经全好了。我胖了吧？"

这时，和枝自己搬来了一个大被炉。

"啊，好重！大娘，我把大伯的被炉借来了，大伯说可以拿过来。实在冷得受不了！"和枝瞧也不瞧嘉七一眼，自顾自地异常兴奋着。

等到只剩下他们夫妇俩了，和枝突然变得严肃起来。

"我累了。我想洗个澡，然后睡一觉。"

"下面的露天浴池不知道能不能去？"

"嗯，听说可以，大伯说他们每天都去泡。"

旅馆老板穿着一双大草鞋，一脚紧接一脚，将昨天刚下完的积雪踩实，踏出一条路来。嘉七与和枝跟在后面，下到了黎明中的山涧。两人脱掉衣服扔在老板带来的席子上，身子滑进温泉。和枝的身体丰腴圆润，怎么看也想不到那是今夜将死之物。

"就那边吧？"老板离开后，嘉七朝浓稠晨雾缓缓流动的雪白山腰努了努下巴。

"可是，雪很深，爬不上去吧？"

"再往下游去一些可能比较好，因为水上站那边没那么多雪。"

两人谈论起死去的场所来。

回到旅馆，被子已经铺好了。和枝立刻钻进被窝开始看杂志。和枝被子的脚底下，放着一个大被炉，看起来很暖和。嘉七掀开自己的被子，盘腿坐在桌前，紧紧搂着火盆喝起酒来。下酒菜是螃蟹罐头和干香菇，还有苹果。

"喂，要不要再等一晚？"

"好啊，"妻子边看杂志边答，"怎样都行，但钱可能不够哟。"

"还剩多少？"问出这句话，嘉七深感羞耻。

恋恋不舍真可恶。这是世上最窝囊的事，这可不行。我如此拖拖拉拉，难道是不图别的，只想得到这女人的身体？

嘉七不作声了。

不想活着和这女人再度一起过日子吗？借债，还是不讲情面的借债，怎么办？污名，半疯的污名，怎么办？病苦，没人相信的充满讽刺的病苦，怎么办？还有，骨肉血亲。

"喏，你还是输给我的亲人了吧。看来是这样没错。"

"是啊，反正我是不称心的媳妇。"

和枝并未将视线从杂志上移开，迅速答道。

"不，不能光那样说。你确实也有不够努力的地方。"

"够了，别说了。"和枝丢下杂志，"你光会讲些大道理，所以才惹人厌。"

"啊，原来如此，你是讨厌我的。那真对不住了。"嘉七以醉汉般的口吻说道。

为何我不嫉妒呢？我果然是个自恋狂吗？我是确信她不可能讨厌我吗？甚至生不起气来。或许该怪那个男人太弱？难道我的这种感受事物的方式才叫倨傲？若是那样，则我的想法统统白搭，我迄今的活法统统白搭。为何不能理解如此简单的道理从而单纯地憎恨呢？那样的嫉妒才是谦恭、优美的不是吗？将奸夫淫妇一刀四断——这样的愤怒，才是高尚、直率的不是吗？遭妻子背叛，只因受此打击就要去死，这样的姿态才是清纯的悲哀不是吗？可我，怎会弄成这样。什么恋恋不舍、好孩子、慈眉善目、道德、借债、责任、受照顾、反题、历史性的义务、骨肉血亲……啊，不行。

嘉七想挥舞棍棒，砸烂自己的脑袋。

"先睡一觉，然后出发。坚决执行，坚决执行！"

嘉七用力扯过自己的被子，钻了进去。

喝得太醉了，总算睡着了。恍惚醒来，时已过午，嘉七只觉孤苦难耐，遂一跃而起，马上又喊着好冷好冷，朝楼下的人要了酒。

"喂，快起床，出发了。"

张着小嘴熟睡的和枝，迷迷瞪瞪地睁开眼。

"啊，已经这么晚了？"

"不，刚过中午而已，只是我已经等不了了。"

什么都懒得想了，只盼着快点死。

之后，时间过得很快。我让和枝告诉老板，我俩想顺便去这附近的温泉转一转，便离开了旅馆。晴空万里，我们一边漫步观赏沿途风景一边下山，拒绝了计程车的揽客，走出约百米突然回头一看，就见旅馆的老妇人从后头老远跑着追了上来。

"喂，大娘来了。"嘉七感到不安。

"这个，给你。"老妇人红着脸，将一个纸包递给嘉七，"是纯棉的，家里自己纺的，一点心意。"

"谢谢。"嘉七说。

"哎呀，大娘，让你这么费心。"和枝说。两人松了口气。

嘉七迈开大步前行。

"路上小心。"

"大娘也多保重。"

身后两人仍在寒暄，嘉七一个右转身，道："大娘，握手。"

手被紧紧握住，老妇人脸上现出害羞之色，甚至还有些恐惧。

"他喝醉了。"和枝从旁解释。

醉了。笑眯眯地与老妇人告别，不紧不慢地下山，雪也随之变薄了，嘉七开始小声同和枝商量那里怎样，这里如何。和枝说离水上站再近一些比较好，那样不会寂寞。不久，黑乎乎的水上站便在眼前铺展开来。

"已经不能再拖了。"嘉七装出欢快的样子说道。

"嗯。"和枝认真地点了点头。

嘉七故意不慌不忙地走进路左的杉树林，和枝也跟在后面。雪几乎化光了，落叶堆积得很厚，又潮又湿。不管不顾，勇往直前，陡坡是手脚并用爬上去的。想死也需要努力。终于找到了坐得下两个人的草地，那里见得着一点阳光，还有泉水。

"就这里吧。"两人都累了。

和枝铺了手帕坐下，被嘉七取笑了。和枝几乎一言不发，从包袱里陆续拿出药品，拆封。

嘉七拿起药，说："关于吃药，没人比我更了解。我看看啊，你吃这么多就行。"

"真少啊，只吃这点就能死？"

"第一次吃的人，吞下这些就能死。而我常吃，所以药量必须是你的十倍才够。要是没死成，那就惨了。"要是没死成，就得坐牢。

然而，我其实是打算让和枝活下来好实现卑屈的复仇不是吗？怎会变成这样？简直就像是甜得过火的通俗小说……嘉七甚至恼羞成怒了，将手里多得几乎要掉出来的药丸，就着泉水咕噜咕噜地吞了下去。和枝也笨拙地一起吞了药。

两人接吻，并排躺下。

"那么，别了。没死成的家伙，要坚强地活下去。"

嘉七知道，光靠安眠药是很难死成的。他悄悄地将自己的身体移动到悬崖边，解开兵儿带，缠在脖子上，将其一端绑在似是桑树的树干上，经过这样的布置，睡着时就会滑落悬崖，然后吊死。从一开始，嘉七就为此特意选定了悬崖上的这块草地。睡着了，他隐约意识到自己正在下滑。

冷。睁开了眼，一片漆黑。月光洒落，这里是?

——猛地醒悟过来。

我没死成!

摸了摸喉咙，兵儿带还紧紧地缠在上面。腰很冷，掉在水坑里了。这下明白了，原来并未沿着悬崖垂直下坠，而是身子横滚，掉进了崖上的洼地。洼地里积满了涓涓流出的泉水，嘉七从背到腰冷得仿佛连骨头都冻住了。

我还活着，没死成，这是严肃的事实。这样一来，更不能让和枝死。啊，一定要活着，一定要活着。

四肢无力，连起身都不容易。用尽浑身力气，重新站了起来，将系在树干上的兵儿带解开，从脖子上取下来，盘腿坐在水洼里，悄悄地环顾四周。不见和枝的身影。

到处乱爬，寻找和枝。在悬崖下，认出了一个黑色的物体，看起来又像一只小狗。慢慢地爬下悬崖，走近一看，正是和枝。握握她的腿，是冷的。

死了?

嘉七将自己的手掌轻轻地贴在和枝嘴上，查看呼吸。

没有。

浑蛋! 死了。

真是个任性的家伙。因异样的愤怒而火冒三丈。粗暴地抓

163

起手腕查看脉搏。感受到了微弱的脉搏。活着，还活着。把手探入怀中放在胸口，是温的。什么呀，这个笨蛋。还活着呢。了不起，了不起！觉得她十分可爱，那么一点药量，不会死的。啊，啊！多少怀着一丝幸福感，嘉七在和枝身侧仰面朝天躺了下来，旋即又失去了意识。

再度醒来时，发现身旁的和枝鼾声大作。嘉七听着她的鼾声，觉得很不好意思，这家伙可真皮实。

"喂，和枝，振作点！你还活着，咱俩都还活着！"嘉七苦笑着摇晃和枝的肩膀。

和枝状似安详地酣睡着。深夜山中的杉树默然耸立，尖针般的树梢上挂着半轮冷月。不知为何，眼泪夺眶而出，呜咽着抽泣起来。我还是个孩子，一个孩子为何不得不过得如此辛苦？

突然，一旁的和枝叫了起来。

"大娘！我好痛啊，胸口好痛啊！"声似笛音。

嘉七惊骇万分。叫声这么大，一旦有人路过山麓听到，那就糟了。

"和枝，这里不是旅馆，没有什么大娘。"

和枝如何还能晓得这些。她一边喊着："好痛啊！好痛啊！"一边痛苦地扭动身子，慢慢地朝山下滚去。尽管是个缓坡，却似乎要将和枝的身体一直滚到山脚下的街道去，嘉七也只好强行滚动自己的身体追了过去。和枝被一棵杉树挡住了，缠在树干上高喊起来：

"大娘！我好冷啊，拿被炉来啊！"

靠近一看，月光下的和枝已然不成人样，头发松散，上面还粘满杉树的枯叶，宛如狮子精，酷似老妖婆，蓬乱不堪。

必须振作，至少我自己必须振作。嘉七摇摇晃晃地站了起来，抱住和枝，努力想要返回杉树林深处。摔倒，爬起，滑下，靠着树根，手扒脚蹬，一点一点地把和枝的身体拖到了树林深处。那种爬虫般的努力，不知持续了多少个钟头。

啊，受够了。这女人对我来说太重了。她是个好人，但我无能为力。我是个无力之人。我一辈子都必须为这个人付出这等辛苦吗？够了，已经受够了。分手吧，我已尽我所能了。

当时，他明确地下定了决心。

这女人不行，她永无休止地只依赖我一人。别人怎么说都无所谓，我要和这女人分手。

拂晓临近，天空开始发白了，和枝也渐渐变老实了，树丛中弥漫着浓浓的晨雾。

学着单纯吧，学着单纯吧。男人味儿——别嘲笑这个词的单纯性。人，只能朴素地活着，除此之外别无他法。

嘉七一边仔细地将躺在身旁的和枝头发上的杉树枯叶一一取下来，一边心想：我爱这女人，爱得不知如何是好。这是我的苦恼的源头。然而，已经够了。我学会了能够一边深爱一边疏远的某种强大。为了活下去，连爱也必须牺牲。什么嘛，这不是理所当然的事吗？世人都是这样活着的，理所当然地活着。想要活下去，除此之外别无他法。我不是天才，更不是疯子。

和枝一直酣睡到过午时分。其间，嘉七东倒西歪地脱掉自己的湿衣服晾干，又去寻找和枝的木屐，把药品的空盒埋在土里，用手帕擦掉和枝衣服上的泥，还干了许多别的活儿。

和枝醒来，听嘉七讲了昨夜的种种事端，说了句："爸爸，对不起。"便嗖地低下了头。

嘉七笑了。

嘉七已经能走路了，但和枝不行。两人坐着商量了一会儿今后的打算。钱，还剩近十元。嘉七主张两人一起回东京，和枝却说衣服脏得厉害，这样子也没法乘火车。最终两人订下计划，和枝坐计程车回谷川温泉，找一些拙劣的借口骗过大娘——譬如，就说在别的温泉浴场散步时摔了一跤，弄脏了衣服——然后在旅馆静养，等嘉七先回东京拿到换洗衣服和钱再来接她。嘉七的衣服干了，他便独自离开杉树林，来到水上镇，买了仙贝、奶糖和汽水，又回到山里，同和枝一起吃。和枝喝了一口汽水就吐掉了。

直到天黑，两人都待在一起。和枝总算能走动了，两人偷偷地离开了杉树林。嘉七将和枝送上计程车去谷川，然后独自乘火车回到了东京。

之后，他将此事向和枝的叔父和盘托出，拜托对方打理一切。沉默寡言的叔父说了句"太遗憾了"，似乎的确深感惋惜。

叔父带着和枝回来，领到自己家里，缩着脖子笑道："和枝这孩子，好像那家旅馆的女儿似的，晚上睡觉时，竟把被窝铺在老板和老板娘中间呼呼大睡。真是个怪家伙。"别的什么也没说。

这位叔父是个好人，在嘉七与和枝明确分手后，仍毫无抵触地同嘉七饮酒作乐，到处游玩。尽管如此，有时也会乍然说出"和枝也很可怜啊"这种话，仿佛突然有所感触，嘉七每次都觉心软，左右为难。

I can speak

痛苦，是隐忍服从之夜，是死心断念之晨。这所谓人世间，便是要努力断念吗？便是须忍受寂寞吗？锐气，即如此被日渐蚕食，而幸福，似乎亦要向陋巷中去寻。

　　吾歌失声，暂栖东京无所事事，渐渐开始自言自语地创作一些不是歌的、可称之为"生活絮语"的东西，使自身文学的应走之路，借自己的作品而被获知，唔，当是如此吧？于是，多少似得了自信，遂着手创作一直在打腹稿的长篇小说。

　　去年九月，我借住在甲州御坂垭口的一家名为"天下茶屋"的茶馆二楼，一点点地推进工作，总算写出近百页稿子，便是从头重读，仍觉成果斐然，获得了新的力量，遂于一秋风凛冽之日，径自许诺：总之不完成这小说，我就不回东京。

　　此举委实愚蠢。九月、十月、十一月，御坂的寒气变得难以忍受。那一阵，不安的夜晚接连不断。我迷茫得很，不知如何是好。对自己许下任性的诺言，事到如今，已不可毁诺，便是打算飞回东京，也总觉得那般做法形如破戒，在垭口上走投无路了。想下山去甲府。甲府那里，比东京甚至更暖和，当可好过冬。

我下去甲府，便得救了，不再怪咳。于甲府郊外，租了一间光照充足的公寓屋，往桌前一坐，感觉好极了。继续一点点地推进工作。

自中午起，一个人念念有词地工作时，就会听到年轻女子的合唱。我停笔，侧耳倾听。同公寓一巷之隔有家制丝工厂，是那里的女工们边作业边唱歌。其中有个突出的好嗓子，是她领唱。鹤立鸡群，就是那种感觉。我觉得那声音实在好听，甚至想道谢，甚至想爬上工厂的围墙，看一眼那声音的主人。

这里，有个寂寞的男人，每天都因你的歌声，不知得了多少救助，而你，对此并不知情，你向我，向我的工作，给予了多么可嘉的鼓舞。我由衷地想要致谢，还想把这些话信笔写下，从工厂的窗户投进去给她。

然而，做那种事，万一吓到那位女工，甚至令其突然失声，那就麻烦了。我的道谢，若反而搅浑了纯净的歌声，那是罪过。我独自焦虑不安着。

也许，这就是恋爱。二月，寒寂之夜，工厂外的小巷里，忽然响起一个醉汉的粗野的声音。我竖起了耳朵。

"别、别小看人啊。有啥可笑的。我可不记得，偶尔喝酒就该被嘲笑。I can speak English——我，可是在上夜校呢。姐你知道吗？不知道吧。我连老妈也没告诉，偷偷上着夜校。因为，必须出人头地才行。姐，有啥可笑的，为啥笑得那么厉害？是这样，姐。我呢，马上就要出征了。到时候，别惊讶哦。你这个酒鬼弟弟，也能起到普通人的作用。骗你的，出征还没定呢。不过，看，I can speak English. Can you speak English？Yes, I can. 真不错，英语这玩意儿。姐，你明白告诉我，我是个好孩子，对吧？是好孩子吧？老妈她呀，什么也不懂。……"

将隔扇拉开一条缝，我朝下方的小巷望去。起初还以为看见了白梅，却是看错了，是那弟弟的白雨衣。穿着那件不合时令的雨衣，弟弟像很冷似的，脊背紧贴工厂的围墙靠立着，从墙上方的窗户，一个女工正探出上半身，盯着醉醺醺的弟弟。

月亮早出来了，但那醉汉的脸，和女工的脸，都看不真切。姐姐的脸，圆圆的，微白，像是在笑。弟弟的脸，黝黑，尚显幼稚。他的那句英语"I can speak"，狠狠地击中了我。太初有道。万物据此而成。[1]忽然间，我仿佛记起了忘却的歌。虽是不足道的风景，在我却难以忘怀。

那晚的女工，是否便是那个好嗓子的主人，不得而知。应该不是吧。

---

[1] 以上两句出自《约翰福音》第一章。——译者注

富岳百景

富士山的顶角，在广重①笔下是八十五度，文晁②的也在八十四度左右，而根据陆军实测绘制的东西及南北向剖面图，东西纵剖的顶角成了一百二十四度，南北则是一百一十七度。不止广重、文晁，多数画中的富士山，都是呈锐角，顶端尖细、高耸、纤华。至于北斋③，其笔下的顶角，甚至仅有三十来度，是埃菲尔铁塔般的富士山。然而，现实中的富士山，钝角就是钝角，缓缓地扩开，东西达一百二十四度，南北一百十七度，绝非秀拔细挑的高山。倘有印度或别国的人冷不防被老鹰掳走，扔在日本沼津一带的海岸，意外发现这座山，想必也不会如何惊叹吧。观日本富士山，盖因事先早有憧憬，所以才会觉得美妙，若不然，对那些俗气的宣传一概不知，单以朴素、纯粹、

---

① 歌川广重（1797—1858），日本江户后期的浮世绘画家。——译者注
② 谷文晁（1763—1841），日本江户后期的画家。——译者注
③ 葛饰北斋（1760—1849），日本江户后期的浮世绘画家。——译者注

空白的心灵，究竟能获得多少感动？如此说来，则不免多少有些心虚。太矮了。山麓扩得那么开，山顶却那么矮。既然山麓竟达那种程度，山顶怎么也得再高一点五倍才行。

唯独从十国垭所见的富士山，才是高的。景色很好。初时云遮雾罩，不见山顶，由山麓的坡度，我大致推断出山顶所在，便在云上一点做了记号，未几云消雾散，再一看，不对。比标记位置高一倍处，赫然露出了青青的山顶。我与其说是吃了一惊，不如说是心底一痒，不禁哈哈大笑，觉得自己"倒还挺厉害的"。人哪，一旦触及百分之百的可靠，首先的反应似乎是懒散大笑，仿佛满身的螺丝一举松脱，用一种奇怪的说法来形容，就像解带大笑。设若诸君与恋人重逢，甫一见面，恋人即哈哈大笑，那是当庆祝的，万不可责怪其无礼，须知她是与你重逢后，通身沐浴在你百分之百的可靠之中了。

从东京公寓的窗口看富士山相当别扭。冬日里看得清楚，一个小巧雪白的三角，从地平线冒出个尖儿来，那就是富士山了。如圣诞节的装饰点心，平平无奇，而且山肩是向左倾的，就像自船尾渐渐沉没的军舰。三年前的冬天，某人向我坦白了意外的事实，我走投无路了。当晚，在公寓的一个房间里，我独自咕嘟咕嘟地大口灌酒。一觉也没睡，通宵狂饮。拂晓时分，起身小解，从厕所里罩着铁丝网的四方窗子看到了富士山。小小的，白白的，略向左倾，教人难忘。窗下的柏油路上，鱼贩骑自行车疾驰而过。"啊，今早的富士山，看得格外清楚。忒冷了。"咕哝了两句，然后我久久地伫立在昏暗的厕所里，一边抚摩窗上的铁丝网，一边抽泣，那种心情，不想体验第二次。

昭和十三年初秋，我决心重新振作，便拎着包踏上了旅程。

甲州。此处群山的特征，在于其起伏线条的平缓虚幻。小岛鸟水的《日本山水论》中，有"拗于山者，临此土多如仙游"之语。甲州群山，许是山中怪胎。我从甲府市乘巴士颠簸了一个钟头，抵达御坂垭。

御坂垭，海拔一千三百米。垭口有一小茶馆，名为"天下茶屋"，井伏鳟二先生自初夏起，就在此处二楼闭门不出，埋头工作。我得知后便也来了。我打算租下邻室，如此既不妨碍井伏先生工作，我也好暂时在那里"仙游"一番。

井伏先生一直在工作，我得其允许，在茶馆暂且安顿下来，每天纵然并不情愿，也不得不直面富士山。这处垭口，正当自甲府出东海道往返于镰仓的要冲，被称为北面富士的代表性观景台，据说在此所见的富士山，自古即被誉为"富士三景之一"，我却不大喜欢。岂止不喜欢，简直是蔑视，因为它太过标准了。正当中坐落着富士山，其下是素白而清冷的河口湖铺展开来，近景的群山静踞于其两侧将湖环拥。我看了一眼，便惊慌失措，面红耳赤。这简直就是澡堂的漆画、戏剧的布景，怎么看都是模子里出来的景色，尴尬极了。

我来到垭口茶馆过了两三天，井伏先生的工作告一段落，一个晴朗的午后，我俩登上了三重垭。三重垭，海拔一千七百米，比御坂垭略高。我俩像攀爬陡坡一样，耗时约一个钟头抵达垭口。拨开蔓草手脚并用登上狭窄山径的我，模样绝不好看。井伏先生正儿八经地穿着登山服，动作轻快。我没带登山服，穿的是茶馆的棉袍。棉袍很短，我那双多毛的小腿，露出来一尺多，况且还穿着朝茶馆老翁借来的胶底短布袜，所以连自己也觉得邋遢，便稍微动了点脑筋，系上角带①，试着戴上挂在茶馆墙上的旧草帽，却越发显得古怪。井伏先生本是个绝不会轻蔑他人仪容的人，偏偏此时一脸同情，我忘不了他小声地安慰我："男人，还是别在意打扮为好。"终于登顶了，突然随风飘来一团浓雾，便是站在可览全景的断崖边缘，也啥都看不见。井伏先生坐在浓雾底下的岩石上，一面缓缓吸烟一面噗噗放屁，显然很无聊。全景台上，一溜开着三家茶馆。我俩选了由一对老夫妇经营的朴素茶馆，喝了热茶。

　　"这雾真扫兴，我想再过一会儿雾就会散去，到时富士山近在眼前，可以看得很清楚。"茶馆老妪同情地说，然后从茶馆里拿出一张富士山的大照片，站在崖端双手高举照片，拼命地解释，"刚好就在这里，像这样，这么大，这么清楚，看起来就是这个样子的。"

---

① 一种对折起来使用的男式窄腰带。——译者注

180

我俩呷着粗茶，望着那富士山，笑了。见到了不错的富士山，连这浓雾，也不觉得可惜了。

当是两天后，井伏先生决定离开御坂垭，我也陪他去了甲府。在那里，我和一位姑娘相亲了。井伏先生带我拜访了位于甲府郊外的那位姑娘的家，他随便穿了一身登山服，我则腰系角带，身着夏季短褂。姑娘家的庭院里，种了许多蔷薇。其母将我们迎入客厅，稍做寒暄，那姑娘便也出来了，我却没去看她长什么模样。井伏先生和姑娘的母亲唠起了大人间的家常，突然，他抬头看向我身后，嘀咕道："呀，富士山！"我也拧过身子，仰望身后的横梁，只见一张富士山顶大喷火口的鸟瞰照片被镶在相框里，挂在横梁上，像一朵洁白的睡莲。我看清后，又慢慢地转回身，瞥见了那姑娘的脸。决定了，不管有多少困难，我都要和这人结婚。那富士山，值得感激。

井伏先生当天回返东京，我则再次回到了御坂。然后，九月、十月，直到十一月十五日，我一直住在茶馆二楼，一点点地推进工作，同这个我不大喜欢的"富士三景之一"，展开了精疲力竭的对谈。

我曾一度放声大笑。那次，是一个在大学里任讲师还是什么的浪漫派友人，远足途中顺道去了我的寓所。当时，我俩来到二楼走廊，望着富士山。

"太俗气了，感觉就像刻意摆在那里供人拜祭的木偶泥胎。"

"看着反而尴尬。"

我俩说着诸如此类的傲慢话，抽着烟，过了片刻，友人忽然努了努下巴，问："咦？那个僧侣打扮的人是谁？"

只见一个五十来岁的矮小男人，身穿褴褛的黑袈裟，拖着一根长手杖，不住抬头望向富士山，朝垭口登来。

"这就是所谓'富士见西行'①吧，挺像模像样的。"我觉得那僧人很亲切，"总之，说不定是有名的圣僧呢。"

"别说傻话了，他是乞丐。"友人很冷淡。

"不，不，他是有脱俗之处的。步法什么的，相当像样，不是吗？据说以前，能因法师曾在这垭口作诗赞美富士山……"

我正说着，友人笑了起来。

"喂，你看看，哪里像样了？"

"能因法师"正被茶馆养的一条名叫小八的狗狂吠，狼狈周章，那副模样丑陋不堪，教人生厌。

"还是不行啊。"我很失望。

乞丐的狼狈，不如说是尴尬的东跑西窜，最后无奈将手杖一丢，逃之夭夭了。确实，很不像样。结果成了"富士山俗则法师亦俗"，便是现在回想起来仍觉荒唐。

一个姓新田的二十五岁的温厚青年，在山脚下狭长的吉田

---

① 日本画的主题之一。描绘的是西行僧人将斗笠、包裹等物放在一旁眺望富士山的背影。——译者注

镇的邮局工作。此人说是通过邮件得知我来了垭口茶馆，便前来造访。在二楼我的房间里聊了一会儿，终于熟络了，此时新田笑道："其实，我还有两三个同伴，大家本打算一起过来打扰，可是一到见真章的时候，就都畏缩不前了。毕竟佐藤春夫老师的小说里写，太宰先生是个极度颓废的人，性格也有缺陷。所以大家没料到您竟是如此认真、端正的人，我也不能强拉硬拽。下次再带大家过来，没关系吧？"

"那倒是没关系。"我苦笑，"这么说，你是奋起必死之勇，代表同伴侦察我来了。"

"是敢死队。"新田很坦率，"昨晚，我又把佐藤老师的那篇小说重读了一遍，左思右想才下定决心来了。"

透过房间的玻璃窗，我望向富士山。富士山默然矗立。伟大啊，我心想。

"很好，富士山还是有其长处的，了不起呀！"较之富士山，我自知不如。我为自己那此起彼伏的爱憎而感到羞愧，觉得富士山果然伟大，了不起。

"了不起吗？"新田似乎觉得我的话很奇怪，露出聪慧的笑容。

此后，新田带来了形形色色的青年，全是安静的人。大家都叫我"老师"，我郑重地接受了这个称呼。我没什么值得夸耀的，既无学问，又没才能，肉体不纯洁，心灵也贫乏。不过，唯有苦恼，唯有可以被那些青年唤作老师而默然接受的那种苦恼，我是经历过的。仅此而已。是一根稻草般的自负，然而，唯独这份自负，是我想明确拥有的。被人称作任性顽童的我的心底的苦恼，究竟有几人知呢？新田，和一个姓田边的擅长短歌的青年，是井伏先生的读者，也是出于这份安心，我和他俩关系最好，曾请他俩带我去过一趟吉田。那是个出奇狭长的镇子，被富士山挡住了日照风吹，有如细长纤弱的茎，阴暗且冰凉。道路沿途流淌着清水，这似乎是山城的特征，三岛亦然，整个城镇到处都有清水潺潺流淌。当地人坚信，这是富士山的积雪融化后流了下来。较之三岛，吉田的水量少又脏。

望着流水，我道："莫泊桑的小说，写某个千金小姐每晚游过河去找贵公子私会，可衣服怎么办，不会是裸体吧？"

"对啊。"青年们也思考起来，"难道是穿着泳衣？"

"会不会是把衣服绑在头上顶着游过去的？"

青年们笑了。

"还是说，衣服不脱，以全身湿透的模样同贵公子相见，再用火炉烘干？要是那样，回去时怎么办呢？还是必须游过河呀，好不容易烘干的衣服又得弄湿。真叫人担心啊。贵公子游过来不就好了，男人就算只穿一条裤衩，也不至于太过不雅。那贵公子莫非是个旱鸭子？"

"不，我想是因为千金小姐太倾心于对方了。"新田很认真。

"也许吧。外国故事里的千金小姐勇敢又可爱，一旦爱上对方，甚至不惜游过河去相见。这在日本是行不通的。不是有一出啥子戏吗？当中流淌着一条河，男人和公主分处两岸悲叹自怜。那种时候，公主根本没必要悲叹，游过河去将会如何？就戏里看，那是一条很窄的河，只要横渡过去，结果将会如何？像那样悲叹，毫无意义，不值得同情。朝颜①面对的大井川，可是发了大水的，况且朝颜又是盲女，对她我还多少有些同情，即便如此，也并非一定游不过去。抱着大井川的木桩怨天尤人，毫无意义。啊，有一个人，日本也有一个勇敢的人。那家伙，很厉害，你们知道吗？"

"有吗？"青年们的眼睛也亮了起来。

"清姬②。她追赶安珍，不顾一切地游过了日高川。那家伙，真厉害！据相关书籍记载，清姬当时才十四岁。"

我们边走路边胡侃，来到郊外田边一家常来的寂静而古旧的旅馆。

在那里喝了酒，那晚的富士山很美。夜里十来点钟，青年们抛下我一人留在旅馆，各自回家去了。我睡不着，穿上棉袍出外看了看。那是一个出奇明亮的月夜，富士山很美，沐浴着

---

① 净琉璃戏《朝颜日记》的女主人公，追寻恋人时被发洪水的大井川所阻。——译者注
② 安珍与清姬是流传于日本纪州的传说。少女清姬爱慕来投宿的僧人安珍，遭到背叛后恼而追赶，途中游过日高川化身为蛇，最终将躲藏在道成寺钟里的安珍烧死。——译者注

月光，似乎变得苍白透明，我自觉被狐狸迷住了。富士山青碧欲滴，像是磷火在燃烧。鬼火、狐火、萤火虫、芒草、葛叶①。我感觉自己像是没了脚，沿着夜路径直前行，只能听到木屐声，却也仿佛不是自己的了，而是属于别的生物，咔嗒咔嗒的，响得格外清澈。悄然回首，富士山映入眼帘，如青焰浮空。我叹了口气，以维新志士鞍马天狗自居，有点装腔作势地将双手揣在怀里，让自己看起来像是一个很出色的男人。走出好长一段路，发现钱包丢了。大概是因为装有二十来枚五十分银币，太重了，所以从怀里哧溜一下滑出去了。不可思议的是，我很平静。没钱走回御坂就是。于是继续走路。突然，我意识到，只要按原路折返，就能找回钱包。手仍揣在怀里，我晃晃悠悠地往回走。富士山、月夜、维新志士、丢了钱包——真是一首趣味盎然的浪漫曲。钱包在路中央闪闪发光，当然一定在，我捡起钱包，回到旅馆，睡下了。

被富士山迷住了。那晚，我就是个傻瓜，全无意识。那一夜的经历，现在回想起来，仍觉恍惚惘然，诡异离奇。

在吉田住了一晚，翌日回到御坂，茶馆老板娘一脸冷笑，她十五岁的女儿也爱搭不理的。我想不动声色地告诉她们，我可不是做了不洁之事才来的，于是不待她们问起，便将昨日一

---

① 日本传说中一只幻化成人形的女狐。——译者注

天的行动，径自细细道出。住宿旅馆的名字、吉田的酒的滋味、月夜富士、丢了钱包的事，统统说了。老板的女儿心情也有所好转。

"客人！快起来看！"一天早上，茶馆外响起老板女儿的尖叫声，我不情愿地爬起身，来到走廊。

老板女儿一言不发地指着天空，兴奋得两颊通红。一看，是雪。我吓了一跳，富士山下雪了！山顶白雪皑皑，熠熠生辉。我心想，御坂的富士山倒也不可小觑嘛。

"真不错啊！"

"很壮观吧？"听我称赞，老板女儿得意地蹲下身，"御坂的富士山，这样还叫没看头吗？"我曾跟她说，这里的富士山俗不可耐，所以她心里也许一直很沮丧。

"果然，富士山不下雪就没看头。"我摆出一副像煞有介事的神情，重申观点。

我穿着棉袍去山中漫步，回来时两手攥满月见草的种子，播撒在茶馆屋后。"听好了，这是我的月见草，我来年还会来看它们，可不能把洗衣水啥的倒在这里哟！"老板女儿点了点头。

之所以选择月见草，是因为有件事让我深信月见草很适合富士山。御坂垭的那家茶馆，说起来就是深处山中的独门独户，所以邮件不给送。从垭口坐巴士颠簸半个钟头，可到达山麓河口湖畔的河口村这一名副其实的寒村，寄给我的邮件被暂存在村邮局里，我不得不选天气好的日子，隔三岔五去取一次。这里的巴士女售票员，不会特意为游客介绍风景。不过，她时常像突然想起来似的，以平淡冷漠的语气，自言自语一般，有气无力地讲给乘客听，如"那是三重垭，对面是河口湖，有一种西太公鱼"，等等。

从河口邮局取到邮件，再次坐上颠簸的巴士回返垭口茶馆途中，我身旁端坐着一位身穿浓茶色长大衣、脸庞苍白端正、和我母亲长得很像的六十来岁的老妇人。女售票员像是又想了起来，突然说道："各位，今天能看清楚富士山哟！"也分不清是在为乘客介绍，还是自顾自地咏叹。背帆布包的年轻工薪族，以及梳着硕大的日本髻、小心地用手帕遮住嘴角、身穿绸衣的艺伎模样的女人等，都拧过身子，一齐从车窗探出头去，仿佛直到现在才发现似的，望着那平平无奇的三角山，发出"啊！""呀！"之类的愚蠢的惊叹，车内一时人声嘈杂。然而，我身旁的老妇人，许是心中藏了深沉的忧闷，不同于其他游客，对富士山不屑一顾，反而一直盯着对侧山路沿途的断崖，其做派令我感到身体发麻般的愉悦，而我，也想把"富士山那么俗气的山，我一点也不想看"这种高尚的虚无之心，展现给那位老妇人看，自告奋勇地表现出"你的痛苦、寂寞，我都理解"的共鸣态度，便如同要向老妇人撒娇一般，悄悄地挪近，以和老妇人同样的姿势，怔怔地望着断崖。

老妇人似乎也对我放心，怅然一语。

"呀，月见草。"

说着，她用纤细的手指指向路旁一处。唰地一下，巴士疾驰而过，在我眼中留下了方才匆匆瞥见的一朵金黄色的月见草花，连花瓣都显得那般鲜艳。敢于同三七七八米的富士山对峙，毫不动摇，怎么说呢，那笔直挺立的大无畏的月见草，真棒！我甚至想叫它金刚力草。对于富士山，月见草很适合。

十月过半，我的工作仍迟迟不得进展。我想见人。被夕照染红的雁腹云下，我在二楼走廊独自吸着烟，故意不看富士山，而是凝视着鲜红欲滴的满山红叶，向茶馆前清扫落叶的老板娘打了声招呼。

"大婶！明天是个晴天吧？"

声音格外高亢，跟欢呼似的，连我自己都吓了一跳。大婶停下手，仰起脸，狐疑地皱起了眉头。

"明天，有什么事吗？"

被她这样一问，我无言以对。

"没什么事。"

老板娘笑了。

"很寂寞吧，不如去爬爬山？"

"爬山呀，就算上去了，还得马上再下来，太无聊。不管爬哪座山，能看到的只有富士山，一想到这个，就觉得心情沉重。"

大概是我的话很奇怪吧，大婶只是含糊地点了点头，继续清扫枯叶。

　　睡前，我轻轻地拉开窗帘，透过玻璃窗看富士山。月明之夜的富士山是苍白的，以水精灵般的身姿站立着。我慨叹：啊，看得见富士山！星星很大，明天是个大晴天。——这是唯一的、微弱的生之喜悦。再轻轻地拉上窗帘，就这样睡，可一想到明天即使天气好于我也无特别之处，就觉得奇怪，一个人在被窝里苦笑。很痛苦，比起工作——纯粹地运笔——之苦，还要更甚，不，运笔甚至反倒是我的乐趣，但问题不是这个，而是我的世界观、艺术、明日的文学，即所谓崭新，仍令我感到犹豫、烦恼。不夸张地说，我一直在痛苦挣扎。

　　我觉得，因朴素、自然而简洁、鲜明的东西，应该将其一举擒拿，直接抄录在纸上，除此之外别无他法。既然如是想，眼前的富士山的模样，看来也就别有意味了。这种姿态，这种表现，归根结底，或许是我所认为的"单一表现"之美——就这样，我开始向富士山稍做妥协，但对其赤裸裸的朴素，仍旧有些恼火，倘若这样也算好看，则弥勒佛的摆件应该也是好看的了，而弥勒佛的摆件，是我怎么也忍不了的，那种东西，我可不认为是好的表现，而这富士山的模样，也教我再度拿不定主意，总觉得哪里不对劲，有问题。

　　朝夕看着富士山，度过阴郁的日子。十月末，山麓吉田镇的一个娼妓团体，大概是趁着一年一度的开放日，分乘五辆汽车来到了御坂垭。我从二楼看着那场景：各色娼妓下了汽车，犹如一群从篮子里被倒出来的信鸽，起初不知该朝哪个方向走，只是聚在一块儿原地徘徊，沉默地推来搡去，前拥后挤，但没过多久，那种异样的紧张便渐渐缓解，开始各自闲逛起来。有的人老老实实地挑选着摆在茶馆门口的明信片，有的人伫立不动眺望着富士山，那是一道昏暗、寂寥、让人不忍目睹的风景。二楼某男子的不惜性命的共鸣，对这些娼妓的幸福，并无任何帮助，我只是不得不看着。痛苦的人痛苦吧，堕落的人堕落吧，与我无关，这就是人间。如此强作冷漠地俯视着她们，但我，却很痛苦。

拜托富士山吧，我突然心想。

"喂，这些家伙请多关照喽。"

这样想着抬头看去，只见悠然耸立在寒空中的富士山，当时的富士山，简直像个身穿棉袍、两手揣在怀中、傲然挺立的大头目，而我拜托富士山后，便放宽了心，轻松了许多，带着茶馆的六岁男孩，还有一条名叫小八的长毛狮子狗，抛下那群娼妓，出发去附近的隧道玩。在隧道入口，有个三十来岁的瘦削娼妓，独自一人，默默地采摘着一些毫无价值的花草。饶是我们从近旁经过，她仍头也不回专注地摘着花草。

"这个女人，也顺便拜托了。"

我再次抬头恳求富士山，然后牵着孩子的手，飞快地走进隧道。任冰冷的地下水滴打在脸颊、脖颈上，我故意大步前行，装作事不关己。

　　那一阵，我的婚事也受挫了。我清楚老家不会提供任何帮助，所以很为难。我曾自以为是地认定，至少能得到百来元的资助，借此即可举办一个简单而庄严的婚礼，至于以后维持家庭生活所需的费用，我打算靠写作来挣。然而，经过两三次书信往来，家里显然是不会提供任何帮助的，我走投无路了。事已至此，我做好了婚事遭拒的准备，总之要向对方讲明原委，于是我只身下山，去甲府拜访了那姑娘的家。幸好，那姑娘也在家。我被迎入客厅，当着母女俩的面，将事情和盘托出。尽管不时成了演讲的口吻，令人恼火，但没想到，对方似乎觉得我很坦诚，并无隐瞒。

　　"这么说，你家里人是反对的喽？"姑娘平静地歪着头问。

　　"不，不是反对，"我把右手掌轻按在桌上，"应该是叫我自己看着办吧。"

　　"不用再说了。"姑娘的母亲优雅地笑了，"如你所见，我们也不是什么有钱人，太铺张的婚礼反而教人为难，只要你自己对爱情和事业怀有热忱，我们就别无所求。"

　　我一时愣愣地望着庭院，连鞠躬行礼都忘了，片刻之后才意识到自己眼眶发烫。我想孝敬这位母亲。

回去时，姑娘送我到巴士始发站。我边走边说："怎么样？要不要再稍微交往一下看看？"

这话造作得令人作呕。

"不用，已经够了。"姑娘一直在笑。

"有什么要问我的吗？"越来越蠢了。

"有。"

不管她问什么，我都打算如实回答。

"富士山已经下雪了吗？"

我很失望。

"下了，山顶上……"话未说完，无意间望向前方，便瞧见了富士山。感觉很奇怪。

"什么呀，从甲府不是也能看到富士山吗？你耍我。"变成了无赖的口吻，"刚刚那个问题，很愚蠢。你耍我……"

姑娘低下头，咻咻地笑道："因为你住在御坂垭嘛，要是不打听一下富士山，我觉得不太好。"

真是个奇怪的姑娘。

从甲府回来后，果然肩膀酸痛，几至无法呼吸。

"太好了，大婶。还是御坂好呀，简直就像回到了自己家里。"

吃完晚饭，老板娘和她女儿轮流帮我捶打肩膀。老板娘的拳头坚硬、尖锐，她女儿的拳头则很柔软，没什么效果。在我"再用力点、再用力点"的要求下，老板女儿拿来木柴，咚咚

193

地敲打我的肩膀。非如此不足以缓解酸痛，可见我在甲府有多么紧张，是一心努力了的。

从甲府回来两三天了，我一直心不在焉，无心工作，坐在书桌前漫无目的地信笔乱写，抽了七八包烟，然后又躺下，反复试唱"金刚石不磨……"这支歌，至于小说，一页也写不下去。

"客人，你去过甲府后，就变糟了呢。"

早上，我把胳膊架在桌上以手托腮，闭着眼，想着种种事情，在我背后，十五岁的老板女儿一面擦拭壁龛，一面像是打心底厌恶似的，以多少有些尖刻的语气如此说道。

我头也不回，道："是吗？变糟了吗？"

老板女儿没有停下擦拭的手，说："嗯，变糟了。这两三天，你难道不是一点也没用功？我每天早上，将客人你乱写乱扔的稿纸按编号理顺，就觉得很开心。若是写了很多，我更高兴。你知道吗？昨晚，我也曾悄悄地来二楼看你，但客人你呢，却在蒙头大睡不是吗？"

我觉得这是难能可贵的事。说得夸张些，这是对一个人努力活下去的纯粹的声援，不计回报。我觉得，老板女儿很美。

一到十月末，山里的红叶就发黑了，变脏了，一夜之间便有了暴风雨，眼看着，漫山的树化作光秃秃黑黢黢的枯木。当下的游客，几乎屈指可数。茶馆也很冷清，偶尔，老板娘会带着六岁的小男孩去山脚下的船津、吉田购物，留女儿一人看店，又无游客，有时一整天，只剩我和老板女儿二人，在垭口上过着安静的生活。我在二楼待得无聊，去外面四下闲逛，见老板女儿正在茶馆房后洗衣，就蹑到她身旁，大声说道："好无聊啊！"说完突然冲她一笑。老板女儿低着头，我偷瞄了一眼她的脸，吓了一跳。她撇着嘴泫然欲泣，显然是很恐惧。原来如此！愤愤不平的我，当即向后转身，怀着极厌烦的心情，在落叶密布的狭窄山路上，步履粗重地徘徊不休。

从那以后，我便小心了。老板女儿独自看店时，我就尽量不出房间。若有客人来，我会存着一分保护她的心思，慢腾腾地从二楼下来，在茶馆一隅坐下来徐徐饮茶。一日，有位客人做新娘打扮，在两位身穿带家徽的礼服的老先生的陪同下，坐汽车来到垭口，在茶馆歇脚。当时店里也只有老板女儿一人。我仍是从二楼下来，在角落里的椅子上坐下来抽烟。新娘身穿下摆缀有花纹的长和服，背后扎着金线织花的锦缎腰带，蒙着白头纱，是很庄重的正式礼装。面对非同寻常的客人，老板女儿不知该如何招待，只给新娘和两位老人各倒了一杯茶水，便躲到我身后，默默地看着新娘。大概是在一生一次的好日子里，从山那边嫁到山这边的船津或吉田吧，途中，在这垭口稍做歇息，眺望富士山。——饶是旁观，也不免觉得浪漫得让人心痒，过了一会儿，新娘悄然走出茶馆，来到崖边站住，悠然眺望富士山。她双腿交叉成 X 形站立，姿势相当大胆。真是个从容的人啊! 我越发欣赏地看着新娘,看着富士山和新娘,但不久,新娘就冲着富士山打了个大哈欠。

"哎呀! "

身后响起低呼声,老板女儿似乎也看到了那一幕。不久,一行人坐进候在外面的汽车下了山,随后新娘便遭到了非议。

"她是习惯了。那家伙,一定是第二次,不,估计是第三次结婚了。新郎还在山下等着呢,她可倒好,居然有闲心下车看富士山,要是第一次嫁人,不可能这么厚颜无耻。"

"还打哈欠了呢。"老板女儿也极力赞同,"嘴巴张得那么大,真不要脸。客人,你可不能娶那样的媳妇! "

我白活这么大岁数了,居然臊得面红耳赤。

我的婚事渐有好转,一切都由某学长代为包办。婚礼也只请两三位亲人到场,将寒酸而庄严地在那位学长家里举办,对这人情,我如少年一样感奋。

一进入十一月,御坂的寒气就变得难以忍受了。茶馆里备了火炉。

"客人,二楼很冷吧? 还是挨着火炉工作吧。"尽管老板娘这样说,但我是那种有人看着就无法工作的性子,便拒绝了。老板娘担心我,就下山去吉田买了一个被炉回来。我在二楼房间里钻进被炉,想对这家茶馆的人的热心肠表达由衷的感谢,不过,望着已有三分之二的山体被雪覆盖的富士山,以及附近群山的萧条枯木，便觉得，继续在这里忍受砭肤的寒气毫无意义，遂决定下山。下山的前一天，我套着两件棉袍，坐在茶馆的椅子上，呷着滚烫的粗茶，见有两个大概是打字员的年轻知性的姑娘，穿着冬季外套，从隧道那头咯咯笑着走来，突见雪白的富士山呈现在眼前，顿时像被打蒙了似的定在原地，然后似是悄声商量了一番，其中一个戴着眼镜、肤色白皙的女孩，笑嘻嘻地朝我这边走来。

"不好意思，麻烦你帮我们拍几张照片。"

我慌了神。对于机械，我不怎么熟悉，对摄影也毫无兴趣，况且我还套着两件棉袍，就连茶馆的人都笑话我像山贼，以如此邋遢的模样，被那么华丽的东京姑娘拜托去做那么时髦的事，多半内心是极其狼狈的。不过，重又想想，便是这副模样，在懂行人眼里，果然也流露出一种纤美的面貌，或许看起来像是一个能用手指灵活操作相机快门的男人，在由此产生的有些飘飘然的心情的帮助下，我佯作镇静地接过女孩递来的相机，以漫不经心的口吻询问快门的按法，然后哆哆嗦嗦地朝镜头里看去：正当中是偌大的富士山，其下有两朵娇小的罂粟花。二人都穿着红外套，紧密相拥似的偎依在一起，神情庄严。我觉得十分可笑，拿相机的手抖得不行。我忍着笑，往镜头里一瞧，只见罂粟花的姿态越发做作起来，僵硬难看。怎么都对不准焦，我索性把两人的身影逐出镜头，只拍了许多张富士山。

富士山，别了，承蒙关照。咔嚓！

"好了，拍好了。"

"谢谢。"

二人齐声道谢。回家冲洗时大概会很惊讶吧。只有偌大的富士山被拍了下来，完全找不到她俩的身影。

翌日，我下了山。先在甲府的廉价旅馆住了一晚，次日早晨，我靠在脏兮兮的走廊栏杆上，眺望富士山，只见甲府的富士山，从群山后露出约三分之一的面庞，好似酸浆。

女生徒

早晨醒来时的心情很有趣。就像捉迷藏时，躲在黑暗的壁橱里，蹲着一动不动，突然被大脑门儿"哗啦"一声拉开柜门，阳光一拥而入，又听见大脑门儿高喊"找到啦"，先是感觉晃眼，然后，没料到这么倒霉，再然后，心怦怦直跳，合上和服前襟，有点难为情地从壁橱里出来，突然恼羞成怒。不，不对，也不是那种感觉，应该是更难以忍受的才对。

　　就像打开一个盒子，里头又有一个小盒子，打开那个小盒子，里头又有一个更小的盒子，把它打开，又有一个比它更小的盒子，再把这个盒子打开，里头又有一个盒子，就这么接连打开七八个，最后，终于开出一个骰子大的小盒子，把它轻轻地打开一看，什么也没有，空空如也。那种感觉，有点接近。

　　说什么一下子就清醒过来，都是骗人的。初时就像混浊的溶液，过了一会儿，淀粉渐渐下沉，上方一点点地变得澄清，最后终于累了，才会清醒过来。早晨，总觉得是扫兴的，有许许多多悲伤的事涌上心头，让人难以忍受。不要，不要。早晨的我最丑。两条腿筋疲力尽，这么一来，就什么都不想做了。可能是我没睡好的缘故吧。说什么早晨是健康的，都是骗人的。早晨是灰色的，永远一成不变，最是虚无。在早晨的被窝里，我总是特别厌世。真讨厌。尽是种种丑陋的后悔，一拥而上，化作块垒堵在心头，憋得我受不了，身子疯狂地扭来扭去。

早晨，真是坏心眼。

"父亲。"我小声呼唤。

莫名地感到羞喜交加，爬起来，三下五除二叠好被褥。抱起被褥时，吆喝出一声"嗨哟"，吓了一跳。我此前从未想过，自己竟是一个会说出"嗨哟"这种粗鄙之语的女人。"嗨哟"什么的，像是奶奶辈才会喊的号子，令人生厌。怎会发出这样的吆喝声呢？仿佛我身体里住着一个老婆子似的，很不舒服。今后得注意了。就好像见别人步态粗俗，便蹙眉不喜，却突然发现自己也是那样走路的，实在太沮丧了。

早晨总是没自信。穿着睡衣坐在梳妆台前，不戴眼镜一照镜子，脸有点模糊，氤氲瞧不分明。脸上最让我讨厌的就是眼镜，不过，眼镜也有别人不了解的好处。我喜欢摘下眼镜，眺望远方，一切都变得模糊，如梦似幻，又像西洋镜，美妙极了。肮脏的东西，一点也看不见，唯有大的东西，唯有鲜明、强烈的色和光映入眼帘。我还喜欢摘下眼镜看人。对方的脸，看起来全是温柔美丽的笑脸。而且，不戴眼镜时，绝不想跟人吵架，也不想说人坏话，只会沉默、发呆。一想到那个时候的我，在别人眼里大概也是个老好人，我就一下子觉得更安心了，想撒娇，心也变得格外温柔。

不过，眼镜还是很讨厌。一戴上眼镜，就觉得脸不再是脸了。自脸而生的种种情绪——浪漫、美好、激烈、软弱、稚嫩、哀愁，都被眼镜遮住了。而且，"以目传情"也做不到了，甚至变得可笑。

眼镜，真是个妖怪。

许是一向讨厌眼镜的缘故，我觉得有双美目是最好的了。就算没有鼻子，就算嘴被遮住，只要眼睛是那种让自己一看就觉得必须活得更美好才行的眼睛，我就可以心满意足。然而我的眼睛只是大，没什么用。若一直盯着自己的眼睛看，会很失望。连妈妈也说，这是一双无趣的眼睛。这样的眼睛该叫目无神光吧。一想到眼睛像煤球，就很失望。就是因为这个嘛，太要命了。每次照镜子，我都渴盼它们变成水灵灵的美目。碧湖般的眼睛，仿佛正躺在青草地上仰望天空的眼睛，不时有云朵飘过倒映其中，连鸟儿的身影也清清楚楚。想见一见许多眼睛漂亮的人。

从今早起便是五月了，这么一想，就有点喜不自禁。还是开心的。觉得夏天也快到了。来到庭院里，草莓花映入眼帘。

父亲已故这一事实，变得不可思议。死了，不在了，这是很难理解的事。真纳闷。我怀念姐姐、已别的人、久违的人们。早晨，总是容易勾起无聊的回忆，让那些往事和故人们，带着腌萝卜一样的臭味，挤到身边来了。

佳比和小可（因为是条可怜的狗，所以叫它小可）这两条狗，你追我赶地奔了过来。让两条狗在我面前并排站好，我只全力宠爱佳比，佳比那洁白的毛泛着美丽的光泽。小可很脏，我很清楚，我一宠爱佳比，小可就在旁边露出要哭的表情。我也知道小可是个残废。小可总是一副悲伤的模样，我不喜欢。它实在太可怜了，教人受不了，所以我会故意刁难它。小可看上去像野狗，不知哪天就会被打狗队弄死。小可脚残了，怕是来不及逃。小可，你还是快点去山里吧。反正你也得不到任何人的宠爱，早点死掉算了。不光对小可如此，我是个对人也会做坏事的孩子，会刁难、刺激别人。真是个讨厌的孩子。我在走廊上坐下，一边抚摩佳比的头，一边看着满眼的绿叶，顿觉十分丢脸，只想一屁股坐在土上。

想哭一哭。我心想，若用力屏息，让眼睛充血，也许能流点眼泪出来，便试了一下，不行。或许，我已变成没有眼泪的女人。

放弃。开始打扫房间，干着干着，突然唱起《唐人阿吉》。感觉就像环顾了一下四周，生怕被人看见似的，平时热衷于莫

204

扎特、巴赫的我，竟下意识地唱起《唐人阿吉》，实在有趣。抱起被褥时吆喝"嗨哟"，打扫房间时唱《唐人阿吉》，连我都觉得自己已经没救了。我不安极了，担心这样下去，不知会说出多么粗俗的梦话来。然而，又总觉得可笑，便停下手里的扫帚，独自笑了起来。

穿上昨天刚缝好的新内衣，胸口绣着一朵小小的白玫瑰。穿好上衣，这个刺绣就看不见了，谁也不知道。我很得意。

母亲不知为谁说媒拼死拼活，一大早就出门了。从我儿时起，母亲就为别人的事尽心尽力，我早已习惯，却不料母亲竟始终那么活跃，甚至到了惊人的程度，真佩服她。父亲只顾学习，母亲还得承担起父亲的那一份责任。父亲疏于社交，母亲却组织起一群性格确实很好的人。两人虽有不同，但似乎是相互尊敬的，应该称得上没有丑陋、美好安乐的夫妇吧。啊，狂妄，狂妄。

酱汤热好之前，我一直坐在厨房门口，怔怔地看着前方的杂树林。看着看着，我就觉得，无论过去还是未来，我都曾经或将会像这样坐在厨房门口，以同样的姿势思考着同样的事，看着前方的杂树林。这感觉很奇怪，仿佛一瞬间能同时感受到过去、现在、未来。这种事经常发生。比如，和别人坐在房间里说话，视线落向桌子一角，便突然停住不动了，只有嘴巴在动。这种时候，会产生奇怪的错觉，使我相信，昔年某日自己曾在同样的状态下，也是一边说着同样的话一边看着桌子一角的，而且，同样的事今后也将原封不动地降临在自己头上。再比如，无论走在多么遥远的乡间小路上，我都会想，这条路以前肯定走过。边走边一把拽下路边的豆叶，我也会想，在这条路的这个位置，我曾拽下这片叶子。而且我相信，今后，我还将无数次地走在这条路上，在这个位置拽下豆叶。此外，还有这样的事：有一次我泡热水澡，无意中看了看自己的手，然后就想，若干年后泡热水澡时，我一定还会看着自己的手，想起此刻也曾无意中看了看手并心有所感。这么一想，就觉得有点沮丧。还有，一天傍晚，我正把米饭倒进饭桶时，灵感——这样说有点夸张，总之是感觉有什么东西在体内嗖的一下蹿了过去，怎么说呢，我想称之为哲学的尾巴，被那家伙击中后，脑袋和胸口的每处角落都变得透明，我顿时觉得，自己似乎一下子就能冷静地对待活下去这件事了，能做到保持沉默，悄无声息，以凉粉被挤压得一齐流出来时的柔软性，就这么随波漂流，美丽而轻松地活下去。这个时候，根本就不是哲学的事儿了。像偷东西的猫一样悄无声息地活下去——这样的预感根本谈不上好，倒不如说是很可怕。那般心境若是永久持续下去，人岂不就变成神灵附体了吗？

终归还是因为我很闲，没有生活上的辛苦，所以当我无法处理每天多达成百上千则见闻感受而怔怔发呆时，那些家伙就会化作妖怪般的面目，接连浮现出来。

在饭厅里独自用餐。今年第一次吃黄瓜。是黄瓜的青绿色诱来了夏天。五月的黄瓜的青绿色，有一种仿佛心里变得空荡荡的，又痛又痒一般的悲意。独自在饭厅里用餐，就会极其想去旅行。想坐火车。看报纸，报上登了近卫先生的照片。近卫先生是个好男人吗？我不喜欢这样的脸，额头不好看。报纸上，书的广告文是我最乐见的。许是因为一字一行要收一两百元的广告费，所以大家都很拼命。每一字每一句，都是那些人为获得最大的效果而绞尽脑汁琢磨出来的名文。如此费钱的文章，怕是世间少有。总觉得心情很好，痛快。

吃完饭，锁好门，去上学。尽管心里觉得没关系，不会下雨，但还是无论如何都想打着昨天跟母亲要来的那把好雨伞走路，便带上了。这把遮阳伞，是母亲未出阁时用过的。找到一把有趣的伞，我有点得意。想打着这样的伞，在巴黎的老街漫步。等到当下的战争结束时，这种仿佛承载着梦想一般的老式遮阳伞一定会流行起来吧。这把伞跟博耐特式无边女帽一定很配。穿着下摆很长、领口大开的粉色和服，戴着用黑色真丝织成的长手套，大大的宽檐帽上插着美丽的紫罗兰，在深绿时节去巴黎的餐厅吃午餐。像是很忧郁似的轻轻托着腮，看着外面经过的人流，有人轻轻地拍了拍我的肩膀。突然响起音乐，《华尔兹之玫瑰》。啊，可笑，可笑。现实是陈旧怪异的细长柄雨伞一把。我真是悲惨又可怜。卖火柴的小女孩。算了，还是去拔拔草吧。

临出去时，拔一点家门前的草，算是为母亲做的义务劳动。今天说不定有什么好事。同样是草，为何却又如此不同呢？有的草只想拔掉，而有的草想悄悄留下。有的草可爱，有的草不然，明明外形毫无不同，有的草惹人怜爱，有的草却招人讨厌，为何会有如此明显的区别呢？没道理。我觉得女人的好恶是相当靠不住的。做完十分钟的义务劳动，后赶往车站。走在田埂上，屡次想要画画。途中，经过神社的林间小路。这是我一个人发现的捷径。走在林间小路上，无意中低头一看，就见到处都生长着一茬茬两寸来高的麦苗。看到那些绿油油的麦苗，我就知道：啊，今年也有士兵来过了。去年也来了很多士兵和马，到这处神社的树林里休整。过些时日经过那里一看，发现麦苗像今天一样长得很快。不过，那些麦苗长到这么高就不再继续长了。今年，又有麦粒从马背上的驮桶里撒出来，长成了细弱的麦苗，但毕竟这片树林是如此阴暗，完全照不到阳光，这些麦苗恐怕只能长这么高就悲惨地死去吧。

穿出树林，在车站附近撞见四五个劳工。那些劳工像往常一样，冲我说出难以启齿的下流话，我不知如何是好。想超过那些劳工，赶快往前走，可是那样一来，就必须从劳工当中钻过去才行。好可怕。话虽如此，若是一言不发站在原地，让劳工们先走，等待双方拉开足够的距离，那更需要大得多的胆量。因为那样做很失礼，劳工们说不定会勃然大怒。我急得身上冒汗，都快哭出来了，又觉得险些急哭这件事很丢人，就对那些人笑了笑。然后，我一直慢慢地跟在他们身后。当时只能那样了，但那满心的不甘直到乘上电车仍未消失。我想早日变得强大、纯粹，好能坦然面对这种无聊的事情。

电车门口就有空座，我把文具轻轻地放在那里，稍微理了理裙褶，正要坐下，却有一个戴眼镜的男人挪开我的文具坐在了座位上。

"你好，那个座位是我找到的。"听我这么说，男人只苦笑一下，便淡定地看起了报纸。仔细一想，不知道我俩谁更厚颜无耻，也许是我更厚颜无耻。

没办法，只好把遮阳伞和文具放在行李架上，我抓着吊环，像往常一样哗啦哗啦地单手翻看杂志，却意外想到了一件事。

倘若将读书这件事从我的人生中摘除出去，从未有此经历的我，怕是会泫然欲泣吧。我是如此依赖书上写的东西。读一本书就会沉迷其中，信赖，同化，共鸣，试着让生活与之靠拢。而且，一旦换读另一本书，就会立刻将注意力扭转过来。偷来别人的东西改造成自己的东西——这种狡猾的才能，是我唯一的特长。我真的很讨厌这种狡猾的把戏。若是每天都经历反反复复的失败，活活出丑，我或许会变得稳重一些。然而，纵是对那样的失败，我似乎也会想方设法牵强附会，巧加粉饰，编造出像煞有介事的理论，扬扬得意地演一出苦肉戏。

（这种话也曾在某本书里见过）

我真的不知道哪个才是真正的自己。当无书可读，找不到可供模仿的范本时，我到底该怎么办？也许只会以束手无策的萎缩之态，一个劲儿地哭鼻子。无论如何，每天都这么坐在晃荡的电车里光思考可不行。身上残留着可恶的温暾，难以忍受。我觉得必须想想办法做点什么，可如何才能清楚地把握自己呢？我觉得，对此前的我做自我批判毫无意义，批判过程中一旦发现讨厌、软弱之处，我就会立刻耽溺其中，自怜自惜，得出不可矫枉过正的结论，因此批判是没用的。倒是什么都不琢磨，反而更有良心。

这本杂志上，也以《年轻女性的缺点》为题刊登了许多人的文章。读着读着，就觉得是在说我一样，很难为情。而且，写文章的人各有特色，平时觉得很蠢的人，说的话果然也傻乎乎的，而从照片上看感觉时髦的人，遣词造句果然也很时髦，所以我觉得很滑稽，边读边不时咪咪发笑。宗教家，会立刻抬出信仰；教育家，始终不离"恩"这一字眼；政治家，会提及汉诗；作家，则是装腔作势，堆砌辞藻。狂妄自大。

不过，大家写的全是相当确实的事。说年轻女性平庸肤浅，远离正确的希望和野心。亦即是说，无理想。纵有批判，也缺乏直接联系到自身生活的积极性。无反省，没有真正的自觉、自爱、自重。即使鼓勇践行，也很难说是否能对一切结果负起责任。顺应自己周围的生活方式且善于应对，但对自身及周围的生活并不抱有正确的、强烈的热爱。没有真正意义上的谦逊。缺乏独创性。尽是模仿。欠缺人类本来的"爱"的感觉。装得很高雅，却毫无气质。除此之外，还写了很多。有许多事读过之后真的令人震惊，绝对不容否定。

　　不过，这里写的所有话语，都有一种乐观的感觉，仿佛偏离了这些人平日的心境，只是随便写写而已。尽管有许多"真正意义上的""本来的"之类形容词，但并未明确地、让人一看便知地写清楚"真正的爱""真正的自觉"是怎样的。这在他们，也许是知道的。既然知道，若能做出更具体的权威指示，哪怕只说一句向右走或向左走，只说这么一句，也让人感激不尽。我们已经丢失了爱的表达方针，因此，若能强有力地命令我们要这样做、要那样做，而不是说那也不行、这也不行，则我们都会照办。莫非谁都没有自信？在这里发表意见的人，或许并非在任何时候、任何场合都持这样的意见。我们被指责为没有正确的希望和正确的野心，但我们若果真行动起来追逐正确的理想，这些人又是否能一直守护我们，引导我们前进呢？

　　我们隐约知道自己该去的最佳场所、想去的美好之地、应该努力到达的高度。我们都想过上好生活，那才是正确的希望和野心。我们渴盼着拥有足以倚仗的坚定不移的信念。然而，所有这些若都要在姑娘家的生活中实现，那得需要多么大的努力啊。还有母亲、父亲、姐姐、哥哥们的想法。（我们不过是嘴上说些"真是老掉牙"之类的话，绝没有轻视人生的前辈、老人、已婚人士们。非但如此，我们应该是始终自认较他们逊色不止一筹的。）还有与生活息息相关的亲戚。还有熟人、朋友。此外，还有无时无刻不以巨力裹挟我们向前的所谓"世间"。一旦想起、见到、思考所有这些事，哪里还顾得上发展自己的个性叫人不由得心想罢了，罢了，和光同尘，默然踏上普通大众所走的道路，大概才是最聪明的做法。还会觉得，把针对少数人的教育面向大众普遍实施，实在是很残忍。

随着年岁渐长，我越发明白，学校的修身与世间的成规是大相径庭的。一个人若是绝对遵守学校的修身，就会吃亏，被视为怪人，不得出人头地，永远贫困窘迫。不撒谎的人，可能存在吗？若果真存在，那人定是永远的失败者。我的骨肉至亲当中，也有一个行为端正、信念坚定、追求理想、在真正意义上活着的人，可亲戚们都在说那人的坏话，视其为傻瓜。我自知会被当成傻瓜而败北，也想充分伸张自己的理念，但若为此必须反对母亲和大家，我就不敢坚持下去。太害怕了。

小时候，当自己的心情与别人的心情截然不同时，我也曾问过母亲为什么。当时，母亲随便应付了一句，然后便大动肝火，说我不好，像小混混，她似乎很伤心。我也问过父亲，父亲只是默默地笑了笑。据说后来他跟母亲讲："这孩子长歪了。"随着年岁渐长，我越发战战兢兢，就连做一件西装也会顾虑人们的看法。我其实是偷偷地爱着自己的个性的，也想一直爱下去，可我实在不敢把它清楚地表现为自己的东西。我总是想当人们眼中的好姑娘。当许多人聚在一起时，我是多么的卑屈呀。喋喋不休地撒谎，说些本不想说的话、与心情全不相干的话，因为我总觉得那样更能得利。我不喜欢这样，希望道德彻底改变的那一刻尽快到来。如此一来，这样的卑屈就会消失，也不用再为别人的看法而每天惴惴不安地生活。

哎呀，那里空出个座位。我连忙从行李架上取下文具和伞，迅速挤过去坐下。我右边坐着个中学生，左边是个背着小孩身穿棉罩衣的大婶。大婶一把年纪却化着浓妆，头发赶时髦烫成了卷发，脸虽生得漂亮，喉咙处却堆聚着发黑的褶皱，丑陋不堪，恶心得我直想揍她。人，站着或坐着，所想的事情是完全不同的。坐着，想的尽是些不可靠、没精神的事。在我对面的座位上，呆怔怔地坐着四五个年龄衣着相仿的工薪族，估计在三十岁上下，都很讨厌，目光混浊，毫无锐气。然而，我现在若是对其中一人轻轻一笑，只是笑一下，说不定就会不由自主地迅速陷入不得不和那人结婚的困境。女人决定自己的命运，凭一个微笑就足够了。可怕，简直不可思议，还是小心点吧。

今早净想些奇怪的事。从两三天前起，那个来我家打理庭院的园丁的脸就在我眼前频频闪现，教人无可奈何。尽管怎么看他都是个园丁，但脸的感觉就是不对。夸张点说，脸长得像沉思者，只能看出黑色来。眼睛生得好，眉毛也紧凑，鼻子虽是蒜头鼻，与黝黑的肤色倒也颇为相称，显得意志坚定。唇形也不错，耳朵有点脏。说到手，才是不折不扣的园丁的手，但那张被黑色深深蒙住出不得头的脸，放在园丁身上感觉很可惜。我三番四次询问母亲，那园丁是否从一开始就是园丁，结果挨了一顿骂。今天这块用来裹文具的包袱皮，恰好是在那个园丁第一次来的那天，我朝母亲要来的。那天我家大扫除，所以修厨房的、卖榻榻米的也来了，母亲也整理了衣柜，当时翻出这块包袱皮，我便要来了。这是一块漂亮的、有女人味的包袱皮。因为漂亮，所以舍不得打结。

我就这么坐着，包袱放在膝头，静静地反复打量、抚摩。我想让电车里的人都看看，可是谁也不看。只要有人能稍微看一眼这块可爱的包袱皮，我可以决定嫁给他。

一碰上"本能"这个词，我就想哭。本能，是凭我们的意志无法动摇的伟力。我每每通过自己日常生活中的种种事由明白这一点，就几近疯狂，茫然不知如何是好。一个不分臧否只是很大很大的东西突然劈头盖脸压了下来，然后我就身不由己地被它随意摆布。一半是甘愿被摆布的满足心情，一半是悲伤

214

地望着前者的别的感情。为何我们不能自我满足，一生只爱自己呢？看着本能吞噬我一直以来的感情和理性，情何以堪。曾很短暂地忘却自己，过后只剩失望。知道那个自己、这个自己显然都具有本能后，我快要哭了。我想呼唤："母亲！父亲！"然而，真理这东西，也许意外地存在于自己讨厌的地方，所以越发难以承受了。

已到达御茶之水站。下了车一踏上站台，只觉一切都无所谓了。我连忙努力回忆刚刚过去的事，却一点也想不起来。我急了，又欲考虑接下来的事，谁知竟无半点想法，脑中空空如也。当时的情形，就好像有些时候，自己分明被什么东西触动了，或是经历了痛苦羞耻的事，然而事情一旦过去，就再无痕迹可循。"现在"这个瞬间，很有趣。"现在、现在、现在"这么掰着指头数的时候，"现在"已经飞去远方，有新的"现在"到来。嗒嗒地登上天桥的台阶，心想这是怎么回事。太蠢了。我可能有点过于幸福了。

今早的小杉老师很漂亮，像我的包袱皮一样漂亮。美丽的青色适合这位老师，她胸前的大红康乃馨也很惹眼。若是没了"做作"，我会更喜欢这位老师。她太过故作姿态了，总觉得有点勉强，那样会很累吧。性格上也有难以理解之处，许多地方莫名其妙。能看得出，她虽性子阴沉，却很想强作开朗。但不管怎么说，她都是个迷人的女人，在学校当老师感觉很可惜。

虽然她的课不像之前那么受欢迎了，但是我，我一个人，仍和以前一样为她着迷。她给人一种感觉，就像住在山中湖畔古堡里的千金小姐。讨厌，我竟然夸她了！小杉老师讲话为何总是如此刻板，莫非她脑子不好？我会伤心的。打刚才起，她就一直在讲爱国心，可是那种事，我们都一清二楚不是吗？无论是谁，都会爱着自己的出生之地。无聊！胳膊架在课桌上以手托腮，怔怔地眺望窗外。许是因为风大，云很美。庭院一隅，开着四朵玫瑰花——黄色的一朵，白色的两朵，粉色的一朵。我出神地望着花，心想人类也有真正的优点。发现花之美的，便是人类，爱花的也是人类。

吃午饭时，大家讲起鬼故事。安兵卫姐姐讲的一高七大怪事之一——"打不开的门"，已然吓得大家尖叫不已。那故事并非故弄玄虚式的，而是侧重心理层面，所以十分有趣。由于闹得太疯，尽管刚吃过饭，已经又饿了，马上从面包夫人那里得到了奶糖的款待。然后，大家一时间又沉迷在恐怖故事当中。无论是谁，似乎都对鬼故事很感兴趣，这大概是一种刺激吧。然后，有人讲了"久原房之助"的故事，那并非灵异故事，非常非常好笑。

下午的美术课上，大家都到校园练习写生。伊藤老师为何总是毫无意义地为难我呢？今天老师也吩咐我当模特让他画。我今早带来的旧雨伞在班里大受欢迎，大家纷纷起哄，终于也让伊藤老师知道了，他便叫我拿着雨伞，站在校园一隅的玫瑰旁。据说老师要画下我的这个样子，下次在展览会上展出。我承诺只当三十分钟模特。能帮到别人一点忙，很高兴。可是，一旦和伊藤老师面对面单独相处，就非常累。他讲话絮絮叨叨，大道理又太多，可能是因为太在意我了，一边画一边说的也尽是我的事。我懒得回应，很烦。这是个暧昧的人。他时而怪笑，明明是老师却会害羞，反正很不爽利，令人作呕。说什么"我会想起死去的妹妹"，真受不了。人倒是个好人，就是太故作姿态。

说到故作姿态，我其实也会很多，不比他差。而且，我还会投机取巧。因为真的很招人厌，所以往往难以收场。说什么"我摆了太多的姿态，是任姿态摆布的谎言怪物"，这又是一种姿态，教人无可奈何。就这样，我虽然老老实实地给老师当模特，但仍深切地祈祷着"我想变得自然，我想变得率直"。别看什么书了。那些生活中只有观念的、毫无意义地自高自大的不懂装懂之人，鄙视，鄙视。时而慨叹生活没有目标，时而后悔不曾更积极地面对生活和人生，时而声称自身颇有矛盾之处，似是处在频繁的思考、苦恼当中，但实际上，你那只是感伤罢了。只是在疼爱自己，安慰自己，然后还格外高估了自己。唉，让心地如此肮脏的我当模特，老师的画定然落选。因为不可能是美的。虽然不该这样说，但伊藤老师怎么看都是个傻瓜。老师甚至不知道我的内衣上有玫瑰花刺绣。

我默默地保持着同一个姿势站在那里，莫名迫切地想拥有钱。要是有十元就好了。最想读《居里夫人》。然后，突然希望母亲长命百岁。给老师当模特，很辛苦，我精疲力竭。

放学后，我和寺院的姑娘琴子，偷偷跑去好莱坞剪头发。剪完一看，并没有按我要求的去剪，所以很失望。无论怎么看，我一点都不可爱，简直惨不忍睹。我沮丧极了，甚至觉得来这种地方偷偷剪头发的自己，活像一只异常肮脏的母鸡，十分后悔。我觉得，我们来到这种地方，是对自己的轻贱，可寺院的姑娘倒是兴奋得很。

"不如就这样去相亲吧。"她说着胡闹的话，不知不觉间，似乎连她自己都生出已决定真去相亲的错觉，又是"这样的头发，该插什么颜色的花"，又是"穿和服时，该系什么样的腰带"，竟认真起来了。

真是个什么都不多想的可爱的人。

"你要和谁相亲？"我也笑着问道。

"都说鱼找鱼虾找虾嘛。"她满不在乎地答道。我有些惊讶，问她此话何解，她说寺院的姑娘最好便是嫁入寺院，一辈子不愁吃喝。这又让我吃了一惊。琴子好像全无个性，因此女人味十足。她在学校和我只是邻桌，我跟她没多么亲近，可她告诉大家，说我是她最好的朋友。真是个可爱的姑娘。她隔天给我写一封信，有意无意对我关照有加，对此我很感激，但今天她闹腾得实在太夸张了，就算是我也不免烦了。跟琴子道别，我乘上巴士。总觉得，总觉得有点忧郁。在巴士里，看到一个讨厌的女人。那人穿着衣领肮脏的和服，用一把梳子盘起蓬乱的红发，手脚都脏兮兮的，一张闷闷不乐的红黑脸膛，难辨雌雄。而且——啊，恶心——那女人挺着个大肚子，不时独自暗暗冷笑。母鸡。偷偷跑去好莱坞那种地方做头发的我，和这个女人别无二致。

又想起今早电车邻座的浓妆大婶。啊，好脏，好脏。女人真讨厌。毕竟我自己也是女人，深知女体的不洁，厌恶得咬牙切齿。就像摆弄金鱼后的那股难闻的腥味渗入全身，怎么洗也洗不掉，一想到自己将来或许也会像这样每天散发出雌性的体臭——而且有时确实已如我所料——我就干脆想以当下的少女之身去死。突然想生病。此身若罹患重病，汗如雨下，瘦骨嶙峋，或许便可彻底变得清净。是否只要活着，就逃无可逃？我似乎也开始理解宗教的意义了。

下了巴士，稍微松了口气。交通工具实在坐不得。空气闷热，让人受不了。大地很好，踏着土壤步行，就会喜欢上自己。看来我这人是个冒失鬼，有点游手好闲。

"回家吧回家吧，看着什么把家回，看着地里的洋葱把家回，青蛙叫后快回家。"

我小声唱了几句，顿时觉得这孩子怎么如此不知愁呢，不禁恨自己恨得咬牙切齿，憎恶这个光长个子、那里已然毛发蓬密的家伙。我想当个好姑娘。

　　这条回家的田间小道，我每天都走，早就习以为常，所以反而不清楚这个乡村有多么宁静，毕竟所见只有树木、道路、田地。今天，我就模仿一下初至此地的人吧。我呢，是神田一带某木屐店的千金小姐，生来首次踏足郊外的土地。那么，这个乡村看来究竟如何呢？好主意。可怜的主意。我神色一正，故意夸张地东张西望。走下林荫小道时，仰望新绿的枝条，小声叫了一嗓子。过土桥时，朝小河里看了片刻，望着水镜中映出的自己的脸，学狗汪汪叫了两声。眺望远处的田地时，我眯缝着眼，佯装陶醉，轻声呢喃"真好啊"，叹了口气。在神社又歇了一会儿。这里的树林很暗，我慌忙站起身，口中嘀咕着："啊，好怕好怕！"缩起肩膀，匆匆穿出树林，对外界的明亮，故作惊讶，力求使自己相信有了种种新发现，凝神走在乡间小道上。走着走着，没来由地感到孤寂难耐，终于在路边的草地上一屁股坐了下来。一坐在草上，方才的兴奋便一下子消失了，立刻变得认真起来。然后，静静地、慢慢地反思近日的自己。为何自己最近变糟了呢？为何会如此不安呢？总在怕着什么。前几天还被人说："你变得越来越俗气了。"

　　或许是的。我的确变糟了，变得愚蠢可笑。糟糕，糟糕。

软弱，软弱。差点"哇"的一声突然大哭，甚至"喊"地叫了一声，以掩饰自己的软弱，但都没用。再想想办法吧。我可能恋爱了。我仰面躺倒在青草地上。

"父亲。"试着唤了一声。父亲，父亲。晚霞映衬下的天空很美，暮霭呈粉红色，是夕照在其中融化、洇开，才使之变成了如此柔和的粉红色吧。那粉红的暮霭飘摇流动，时而钻进树丛，时而走在路上，时而抚过草地，然后，轻柔地裹住我的身体。粉红的光，幽静地照过来，轻柔地抚摩我浑身上下，直至每一根发丝。相较之下，这片天空更美，让我生来头一次想俯首称臣。我现在信神了。这片天空，究竟是什么颜色的？玫瑰？火灾？彩虹？天使之翼？大伽蓝？不，都不是。是远比这些更神圣的。

"我想爱大家。"这样想着，几乎落泪。一直盯着天空，天空会渐渐变化，变得泛蓝。我只会长吁短叹，想脱光衣服赤身裸体。还有，树叶和草也从未这般通透美丽过。我轻轻地摸了摸草。

我想活得美丽。

回家一看，有客人在。母亲也已回来了，照例响起了热闹的笑声。母亲跟我独处时，不管脸上怎么笑，都不出声，但和客人交谈时，脸上却丝毫笑意也无，独独笑声高亢。我打过招呼，立刻绕到屋后，在井边洗手，又脱袜洗脚。这时鱼铺的人

221

来了，他说："劳您久等，多谢惠顾。"说完便将一条大鱼放在了井边。我不知那是什么鱼，但见鳞片细小，感觉应是北海道所产。我把鱼移到盘中，再一洗手，便闻到了北海道夏天的气味，不禁想起前年暑假曾去北海道的姐姐家玩。

姐姐家在苫小牧，许是靠近海岸的缘故，始终有股鱼腥味。姐姐在家中空旷的大厨房里，傍晚独自一人，用那双白皙柔荑灵巧地烹制鱼时的样子，也历历在目。我那时不知为何，总想跟姐姐撒娇，心里急得不行，但姐姐当时已生下小年，一想到姐姐不再是我的了，就仿佛被一股冷飕飕的贼风打透，怎么也抱不紧姐姐纤细的肩膀，寂寞得要死。还不由得想起那一日，我伫立在昏暗的厨房角落里，凝视着姐姐白皙、柔软、跳动着的指尖，几乎不省人事。往事都很令人怀念。骨肉血亲，真是不可思议。换成外人，一旦远离就会渐至淡忘，骨肉血亲则不然，离得越远越会勾起回忆，情不自禁想起的尽是昔日令人怀念的美好。

井边的茱萸果，染了层淡淡的红色。再过两周，或许就能吃了。去年很好笑。傍晚我正独自摘茱萸果吃，佳比默默地看着，我见它可怜，就给了它一个。然后，佳比就吃了。我又给了它两个，它又吃了。我觉得太有趣了，就摇晃茱萸树，啪嗒啪嗒地掉下许多茱萸果，佳比便埋头吃了起来。笨蛋。吃茱萸的狗，还是头一回见。我也踮起脚摘茱萸果吃，佳比也在底下吃，太好笑了。想起那件事，就想念佳比了。

"佳比！"我喊了一声。

佳比从玄关那边装模作样地跑了过来。我突然想宠爱佳比想得咬牙切齿，便用力抓住它的尾巴，佳比却在我手上轻轻地咬了一口。我委屈得快哭了，打了它的头。佳比倒是不介意，在井边啪叽啪叽地喝起了水。

走进房间，电灯正散发着朦胧的光。寂然无声。果然，父亲一不在，家中仿佛顿时出现了一个巨大的空缺，教人心烦意乱。我换上和服，吻了吻扔在一旁的内衣上的玫瑰，刚在梳妆台前坐下，就从客厅传来母亲等人的哄笑声，我没来由地火冒三丈。母亲跟我独处时还好，一旦有客人来，却偏要疏远我，对我冷冰冰的，每当那种时候，我就特别想念父亲，很伤心。

一照镜子，我的脸竟是那么生气勃勃，吓了一跳。脸成了陌生人，与我自身的悲苦心情全无干系，独立而自由地活着。今天分明没抹胭脂，脸蛋却这么红，嘴唇也隐隐泛着红光，很可爱。我摘下眼镜，微微一笑。眼睛很好看，湛蓝又澄澈。难道是盯着美丽的黄昏天空看了良久，眼睛才变得这么好看了？太棒了！

怀着有点雀跃的心情去厨房淘米，淘着淘着，又感到一阵伤心。我怀念以前小金井的家，怀念得简直胸闷欲呕。那个家多好，有父亲，还有姐姐，母亲也还年轻。我每次放学回来，就见母亲和姐姐在厨房或客厅聊着什么有趣的事。我跟她俩要点心，撒会儿娇，向姐姐挑衅，必定挨骂，然后冲出家门骑自行车去很远很远的地方，傍晚回来开心地吃饭。真的很快乐。我不用盯着自己不放，也不会因不洁而不知所措，只撒娇就好。我享受了多么大的特权啊，竟还满不在乎。没有担心，没有寂寞，也没有痛苦。父亲是个伟大的好父亲，姐姐很温柔，我总是黏着姐姐。

然而，随着渐渐长大，我自己就先变得讨人厌了，不知不觉间失去了特权，变得赤条精光，丑陋，丑陋。我一点也不能跟人撒娇了，只顾着沉思，唯独痛苦越来越多。姐姐出嫁了，父亲也不在了，只剩母亲和我。想必母亲也是每时每刻都很寂寞的吧。

前一阵母亲也说："从今往后，活着的乐趣已经没了。即使看到你，我其实也不怎么快乐。原谅妈妈吧。爸爸不在，幸福也别来才好。"

据说，蚊子一飞出来，母亲就会突然想起父亲，拆衣服缝线会想起父亲，剪指甲时也会想起父亲，茶水好喝时，也一定会想起父亲。不管我多么关怀母亲，陪她聊天，也还是和父亲不一样。夫妻之爱，是这世上最强烈的感情，一定比骨肉血亲之爱更珍贵。想着这些不自量力的事，不禁脸红，我用湿漉漉的手拢了拢头发。唰唰地淘着米，我打心底觉得母亲很可爱，令人同情，想爱护她。这一头波浪卷儿，还是赶快恢复原样吧，然后把头发留得更长些。母亲一向不喜欢我留短发，所以我要把头发留得长长的，利利索索地扎起来给她看，她一定会很开心吧。但是，我也不愿为了照顾母亲而做到那种地步。受不了。

仔细想来，最近我的急躁情绪，和母亲干系甚大。我既想当个能让母亲称心满意的好女儿，却又不愿为此曲意逢迎。最好是我不说话母亲也能理解我并安心。我再如何任性，也决不会做任何蠢事，让自己成为世间的笑柄。再如何辛苦，如何寂寞，我都会守住重要的底线，永远永远爱着母亲和这个家，所以只要母亲也能绝对相信我，无牵无挂、无忧无虑地生活，那样就好。我一定好好干，拼命工作。我认为，这在现下的我，既是最大的喜悦，也是生存之道，可母亲一点也不信任我，还把我当成小孩子。我一说孩子气的话，母亲就很高兴，前一阵也是，我故意胡闹，拿出尤克里里，当母亲的面嘣嘣弹得起劲，母亲似乎由衷地高兴，装糊涂打趣我说："咦，是下雨了吗？我听到雨滴声了呢。"她似乎以为我真的迷上了尤克里里，令我羞愧得想哭。母亲，我已经是大人了哟。世上的事，我已经什么都懂了。请放心，任何事都可以跟我商量。咱家的经济状况什么的，都可以和我说清楚，只要你说一句"家里就是这种状态，你也忍忍"，我决不会缠着你买鞋。我会当一个特别节俭的可靠的女儿，真的，我说到做到。尽管如此……我想起有"唉，尽管如此……"

这样一首歌，不禁独自咪咪发笑。回过神来，发现自己竟一直把双手插在锅里，像个傻瓜似的胡思乱想。

糟糕，糟糕。得快点给客人上晚饭。刚才那条大鱼该怎么办呢？总之先切成三块，用豆面酱腌起来吧。那样吃起来，肯定很好吃。做菜，全靠直觉。还剩了些黄瓜，用三料调和醋腌一下。还有我最拿手的煎鸡蛋。然后，再来一道菜。啊，对了，就做洛可可菜吧。这是我设计的菜式：在每个盘子里，分别摆上火腿、鸡蛋、欧芹、卷心菜、菠菜，将厨房里剩下的各样食材统统利用起来，使之搭配美观，摆放精致，既省事又实惠，虽然一点也不好吃，却能让餐桌上变得相当热闹华丽，如同一席格外奢侈的盛宴。鸡蛋的阴影里是青草似的欧芹，旁边是火腿红珊瑚礁小露一脸，卷心菜的黄叶铺在盘中，似牡丹花瓣，如鸟羽之扇，翠绿的菠菜更像牧场还是湖水？这样的盘子在餐桌上摆出两三个，客人始料未及，自然会想到路易王朝。怎么说呢，虽然没有那么夸张，但我反正做不出什么美味佳肴，所以至少也得做到样子漂亮，从而迷惑客人，蒙混过关。做菜，首重外观。只要样子好看，一般就能糊弄过去。但是，这道洛可可菜，需要相当高的绘画素养。在色彩搭配上，若是没有倍于常人的敏感，就会失败。至少也得拥有我这样的细腻心思才行。前几天查词典，发现"洛可可"这个词被定义为"徒具华丽而内容空洞的装饰样式"，不由得笑了。真是绝妙的解释。美，怎能有内容呢? 纯粹的美, 总是无意义、无道德的。这一点毋庸置疑。所以, 我喜欢洛可可。

我每做一道菜都要尝尝咸淡, 就这么做着、尝着, 不知怎的被一团可怕的虚无笼罩住了。一贯如此。疲倦得要死, 心情阴郁, 陷入一切努力均达饱和的状态。够了, 够了, 一切都无所谓, 怎样都无所谓。最后大吼一声, 破罐子破摔了, 管他什么味道还是外观, 往盘子里一通乱扔, 草草了事, 便满脸不高兴地端给客人。

今天的客人, 格外教人郁闷。是大森的今井田夫妇和今年七岁的良夫。今井田先生已年近四十, 却像美男子般肤色白皙, 令人生厌。为何要吸敷岛牌香烟呢? 带过滤嘴的烟, 总觉得不干净。吸烟就要吸不带过滤嘴的。吸敷岛烟的人, 连其人格都该被质疑。他一口接一口地对着天花板喷云吐雾, 随声附和几句"啊, 啊, 原来如此"之类的话。听说他现下正在夜校当老师。今井田夫人身材娇小, 畏畏缩缩, 而且庸俗。一点很无聊的事, 她也笑得上气不接下气, 弯着腰, 脸都快贴到榻榻米上了。哪有那么好笑啊。她似是误以为, 笑得趴在地上那么夸张是什么优雅的事呢。当今世上, 这一阶级的人是最坏、最脏的吧? 是叫小市民? 是叫小官吏? 那小孩也老成得离谱, 丝毫不见天真活泼之处。尽管心里这样想, 我还是克制住所有情绪, 时而鞠躬, 时而微笑, 时而插话, 时而摸良夫的头夸他可爱,简直是在撒谎欺骗大家，所以便是今井田夫妇，或许也要比我清纯得多。大家吃了我的洛可可菜，夸我手艺高超，我又是凄楚又是气愤，很想哭，但仍努力做出高兴的表情，没多久我也跟着一起吃饭了，可今井田夫人喋喋不休的无知的恭维话，还是让我气不打一处来，遂做出决定："好吧，我不再说谎了。"

"这种菜，一点也不好吃。因为家里什么都没有，我才只好出此穷途之策。"

我的本意是坦承事实，今井田夫妇却拍手笑赞："'穷途之策'说得真好！"

我懊恼得直想扔掉碗筷放声大哭，强忍着挤出笑容，谁知连母亲竟也说："这孩子也逐渐能帮忙了。"

母亲分明清楚我的悲伤，却为迎合今井田先生而说出那么无聊的话，还呵呵地笑。母亲，没必要如此拼命取悦这什么今井田一家人啊。面对客人时，母亲就不再是母亲了，而只是个软弱的女人。因为父亲不在了，就非得如此卑屈吗？太难为情了，我什么话也说不出来。请回去吧，请回去吧。我的父亲，是个了不起的人，善良而且人格高尚。若是因为父亲不在了就要如此戏弄我们，那请你们立刻回去吧。我很想对今井田这样说，可我终究还是太软弱了，只会给良夫切块火腿，为今井田夫人夹些咸菜，伺候客人吃饭。

吃完饭，我立刻躲进厨房开始收拾。我想早点一个人待着。

我并非自命不凡，只是觉得无须再勉强自己迎合那些人，陪他们说笑。对那种人，绝对没必要讲礼貌，不不，是阿谀奉承。不要，我受够了，我已经尽力了。就连母亲，看着我今天忍气吞声强颜欢笑的态度，不也显得很高兴吗？做到那样就可以了吧。是该坚持应酬归应酬自己是自己，将两者严格区分开，以朝气蓬勃的愉悦心情待人接物呢，还是应该不顾别人恶语相向，永远践行自我之道，绝不韬光养晦呢？该怎样做，我不知道。真羡慕那些好出身的人，可以一辈子只生活在和自己一样软弱、善良、温柔的人群当中。至于辛苦什么的，若是不用辛苦也能过完一生，就没必要刻意自找苦吃。那样才好。

克己事人自是好事不假，但若今后每天都必须对今井田夫妇那样的人强颜欢笑、随声附和，我怕是会疯掉。突然冒出一个可笑的想法——我这人怎么也坐不得大牢。别说坐牢了，连女佣也做不成。夫人也当不了。不，夫人不一样。只要已下定决心为这人奉献一生，则无论多么痛苦，哪怕拼命劳作被晒得黝黑，因为活得有充分的意义，因为有希望，所以即便是我也能胜任。这是理所当然的事。我会像小家鼠一样从早到晚忙得团团转，我会不停地洗衣服。没有比堆积了许多脏东西更不愉快的了，每逢那时，我就会变得焦躁不安，仿若歇斯底里，就算死了也不能瞑目。当我把脏东西一件不落全部洗净，挂在晾衣竿上的时候，就觉得随时死去亦无憾。

今井田先生要回去了。说是有什么事，要带母亲一道走。母亲也真是的，满口答应着就跟去了，而且今井田总是利用母亲，不止一次了，这对夫妇的厚颜无耻让我厌恶得受不了，真想揍他们一顿。我把大家送到门口，独自怔怔地望着暮色中的路，很想痛哭一场。

邮箱里有晚报和两封信。一封是松坂屋寄给母亲的夏季流行商品指南，另一封是堂兄顺二寄给我的。这是一个简单的通知，说他这次调去了前桥的联队，顺便要我代他向母亲问好。身为军官，虽然无望过上多么精彩美好、内容丰富的生活，但是，我很羡慕他们每天都要高效起居的严苛纪律。我想，正因为身体总能保持生龙活虎的状态，所以心情上自然是轻松的。像我这样，什么也不想做就干脆可以什么都不做，处在可以做任何坏事的状态，而且，想学习就有几乎无限的学习时间，即使有什么奢求也大有希望实现，要是有人能为我划定一个从这里到那里的界限，那我该多么省心啊。将我紧紧地捆住，我反而感激不尽。

某本书上写过，战场上的士兵们的欲望只有一个，就是好好睡一觉。我半是觉得士兵太辛苦太可怜，但同时，我也非常羡慕。彻底摆脱那可恶、烦琐、来回兜圈子、毫无根据的思虑洪水，只渴望睡一觉的状态，是多么清洁、单纯啊，光是想想就觉得爽快。像我这种人，要是过一回军队生活，狠狠地锻炼一番，说不定多少能变成一个清爽美丽的姑娘。也有像小新那样即使不过军队生活也很率直的人，可为何我偏就是这样一个坏女人、坏孩子呢？

　　小新是顺二的弟弟，跟我同岁，为何他就是那么好的孩子呢？亲戚当中，不，是在这世上，我最喜欢小新。小新眼睛看不见。年纪轻轻竟至失明，实在教人无语。如此安静的夜晚，一个人待在房间里，是怎样的心情呢？换作我们，纵然寂寞，也能读读书，看看风景，多少能将寂寞排遣几分，然而小新不行。他只能沉默着。以前比别人加倍努力学习，网球和游泳都很擅长，现在该是怎样的寂寞痛苦啊。我昨晚也想起小新，便钻进被窝闭眼躺了五分钟。就连闭眼躺在被窝里，短短五分钟都显得那般漫长，感觉憋得慌，而小新，无论清晨白天黑夜，无论多少天多少个月，都什么也看不见。他要是发牢骚、发脾气、耍性子，我还高兴些，可小新什么也不说。我从未听小新发过牢骚或是说别人坏话，而且他总是用着开朗活泼的措辞，露出天真烂漫的表情。那越发刺痛了我的心。

　　一边胡思乱想一边打扫房间，然后烧洗澡水。一边守着等水烧开，一边坐在橘子箱上，借微微摇曳的炭火的光亮把学校的作业全部做完。可是洗澡水还没烧开，我便重读了一遍《濹东绮谭》①。书中所写的事实，绝非令人厌恶的肮脏之事，但随

---

① 日本作家永井荷风的半自传体小说。——译者注

处可见作者的装腔作势，总还是不免让人感到陈腐离谱。怪只怪作者是老年人吗？可是，外国作家无论岁数多大，都更大胆、更甜美地爱着其笔锋所指的对象。如此一来，反而不会令人生厌。不过，这一篇在日本还得归类于好作品吧。相对来说所言不虚，从深处能感受到平静的断念，很清爽。在这个作者的作品中，这是最圆熟的一篇，我喜欢。我觉得这个作者似乎是一个责任感很强的人，对日本的道德非常非常讲究，因而反生叛逆之心，多有浮华艳俗之作。此种伪恶趣味，为用情至深者所常有。故意戴上浓艳的鬼面，反而削弱了作品的力量，但这篇《濹东绮谭》，却有着不可动摇的强韧，而这强韧又处处透出寂寞，我很喜欢。

　　洗澡水烧好了。我开灯，脱下和服，把窗户敞开到最大，然后静静地泡在热水里。珊瑚树的绿叶从窗外偷窥，片片叶子在灯光的照耀下熠熠生辉。星星在天上一闪一闪。无论看多少回，都是一闪一闪的。我就那么仰躺着怔怔出神，故意不去看自己身上那块微白之地，尽管如此，还是隐约感觉到了，它实实在在地闯入了视野一角。我沉默，觉得那里的白和儿时的不一样了。无法忍受。肉体竟不顾我的情绪自行成长，这让我非常困惑。我眼瞅着长成了大人，却拿这样的自己无计可施，真是悲哀。难道我只能顺其自然，一动不动地看着自己长成大人？我想永葆人偶一样的身体。我哗啦哗啦地搅水，装一装孩童，心头的沉重却未减半分。我觉得今后似乎没了活下去的理由，很痛苦。

"姐姐！"庭院对面的空地上，响起别人家孩子半带哭腔的喊声，令我猛然吃了一惊。虽然那孩子不是在唤我，但我很羡慕那个被他哭着追随的"姐姐"。我要是有一个那么爱我黏我的弟弟，也不至于一天天活得如此难堪且迷惘，生活有了奔头，就能下定决心活下去，将一生奉献给弟弟。无论多么痛苦，我真的都能忍受。我一个人想得起劲，然后，越发觉得自己很可怜。

洗完澡，仍放不下今夜的星星，便来到庭院里。星辰如坠。啊，夏天快到了。四下蛙鸣声声，麦子沙沙作响。无论多少回仰望天穹，漫空星光依旧璀璨。去年——不，不是去年，已是前年了，我非要出门散步，父亲虽有病在身，仍陪我去了。始终年轻的父亲啊，那个拄着拐杖、不停呸呸吐痰、眨着眼陪我散步的好父亲，教我唱了一支大意为"你活到一百岁，我活到九十九"的德语小歌，还讲了星星的故事，并为我即兴作诗。我默然仰望星空，对父亲的回忆来得是那般清晰。一年、两年过去了，我渐渐变成了一个坏姑娘，有了许许多多不为人知的秘密。

回到房间，坐在书桌前托着腮，凝视桌上的百合花。香气扑鼻。闻着百合香，纵然百无聊赖地这般独处，也绝不会生出肮脏的念头。这枝百合是我昨天傍晚散步到车站，回家路上从花店买来的，然后，我的房间就清爽得好似变成了完全不同的另一个房间，只要轻轻拉开隔扇，就能立时感受到百合的香气，实在帮了我天大的忙。一直这样盯着看，真的能在意识和肉体上同时感到超越所罗门的荣华，对此我绝对认同。蓦然想起去年夏天的山形。去山里时，我惊讶地发现山崖半腰盛开着数不清的百合花，顿时心荡神驰。可我知道，那陡峭的悬崖是我无论如何也爬不上去的，再怎么着迷也只能无奈地看着。当时，附近恰巧有个陌生的矿工，他一言不发迅速爬上悬崖，眨眼之间就为我折下那么多百合花，双手都抱不过来，然后面无表情地统统塞给了我。那才真叫一个"多"呀，简直难以想象。无论是在多么豪华的舞台上，还是婚宴上，恐怕都没人收到过这么多花吧。那是我第一次尝到花香醉人的滋味。我张开双臂好不容易才抱住那一大捧雪白的花束，完全看不见前面了。那位亲切的、真的让我很感动的年轻认真的矿工，现在怎样了呢？虽说他只是去危险的地方为我摘来了花，仅此而已，但每次看到百合，我就一定会想起矿工。

　　打开书桌抽屉，乱翻一气，发现了去年夏天的纸扇。白纸上画着一个坐姿不端的元禄时代的女人，旁边添了两枝翠绿的酸浆。从这扇子里，去年夏天的光景一下子像烟一样冒了出来——山形的生活、火车里、浴衣、西瓜、河、蝉、风铃。突然想带上它去坐火车。打开扇子的感觉真好，扇骨纷纷散开，突然变得轻飘飘的。正把扇子拿在手里转圈摆弄，母亲回来了。她心情很好。

"啊，太累了，太累了。"话虽如此，母亲的表情却并没有那么不悦。毕竟她就是喜欢为别人办事，没办法。

"怎么说呢，事情太麻烦。"母亲边说边换下衣服走进浴室。

洗完澡，母亲一边和我喝着茶，一边乐呵呵地怪笑，我还以为她要说什么呢——

"你之前不是一直说想看《裸足少女》吗？那么想去看的话你就去吧，但作为代价，今晚要给妈妈揉揉肩膀。干完活儿再去，不是更开心？"

我高兴得不得了。我一直想看《裸足少女》这部电影，可我最近太贪玩了，所以一直没敢提。母亲猜出了我的心思，就故意吩咐我干活儿，好让我能堂堂正正地去看电影。我真的很高兴，因为喜欢母亲，所以自然而然就笑了。

我和母亲两个人像这样一起过夜，感觉已经很久不曾有过了，因为母亲有太多的交际。便是母亲，想必也不愿被世人瞧不起而在努力吧。这样一揉肩膀，母亲的疲劳仿佛传到我身上来了，使我感同身受。我要守护母亲。方才今井田来的时候，我还对母亲暗自怀恨，真真教人羞愧。"对不起。"我小声道。我总是只顾自己，对母亲仍然打心底里依赖，却态度粗暴。母亲每经历那么一次,心里该有多痛苦啊,这都要怪我不听话。自从父亲走后,母亲真的变软弱了。我总是自称很痛苦,很难过,完全依赖母亲,而母亲一旦稍微依赖我一点,我就觉得讨厌,感觉像是看到了脏兮兮的东西,实在太任性了。

母亲也好,我也好,终归都是同样软弱的女人。从今往后,我要满足于母女二人的生活,时刻为母亲着想,跟她谈谈往事,聊聊父亲,我想让日子围绕母亲运转,哪怕只有一天也好。我想好好感受生活的意义。虽然在心里我又是担心母亲,又是想当好女儿,但在言行上,我始终是个任性的孩子。而且,最近的我,连孩子般的清洁之处业已不复存在,尽是些肮脏、羞耻的事。说什么痛苦、烦恼、寂寞、悲伤,那些究竟算什么呢?说白了,就是死。我明明清楚得很,却连一个与之相似的名词或形容词也说不出来,不是吗?我只会慌张不安,到最后恼羞成怒,简直就跟什么似的。以前的女人遭到非议,被说成奴隶,或是无视自己的虫豸,或是木偶,然而,她们远比现在的我更有女人味(褒义上的),内心也更从容,具备了为隐忍顺从善后的爽快和睿智,理解纯粹的自我牺牲之美,还懂得不计回报的无私奉献的喜悦。

"啊,真是个好按摩师。你是个天才呢。"

母亲照例打趣我。

"是吧?因为我很用心。不过,我的长处可不光是按摩,不然心里可没底，还有更好的优点呢。"

我想到什么就坦率地直说，那些话在我自己听来也十分爽快，这两三年来，我从未能像这样天真单纯地说个痛快。我高兴地想：或许，当认清自己并断念时，一个平静的崭新的自己才会诞生。

今晚也是为了以多种方式向母亲表达谢意，做完按摩，我又附赠一礼，给她读了一段《爱的教育》。母亲得知我在看这种书，果然露出了安心的表情，而前几天我看凯赛尔的《白日美人》时，她偷偷地从我手中把书抢走，瞥了一眼封面，露出格外阴沉的表情，不过什么话也没说，立刻把书还给了我，但我也腻烦了，没心情再看下去。母亲应该是没看过《白日美人》的，但她好像凭直觉就明白了。夜深人静时分，我独自高声朗读《爱的教育》，自己的声音听来又大又蠢，读着读着，就时不时地感到无聊，觉得没脸见母亲。周围太安静了，使得愚蠢格外突显。《爱的教育》无论何时重读，都能体会到与儿时一般无二的感动，自己的心也仿佛变得率真、纯净，感觉依旧很好，但出声朗读与用眼睛看的感觉大不相同，令我惊愕不已。不过，母亲听到恩里克和卡隆的地方，低头落泪了。我的母亲也像恩里克的母亲一样，是伟大而美丽的母亲。

母亲要先睡下。她今天一大早就出门，想必累坏了。我为她铺好被褥，啪啪地将被子边角拍实。母亲总是一躺进被窝就合上眼。

然后，我在浴室洗衣服。最近有个怪癖，一到快十二点钟就开始洗衣服。我觉得白天洗衣服打发时间太可惜，但事实说不定恰恰相反。从窗户能看到月亮。我蹲下身，哗啦哗啦地洗着衣服，冲月亮轻轻一笑。月亮不动声色。突然，我相信，在这一瞬间，别处还有可怜又寂寞的姑娘，像我一样洗着衣服，冲月亮轻轻一笑，的确笑了一笑。那是遥远的乡下山顶上的一所房子，深夜里的此时此刻，有一个痛苦的姑娘，正在屋后默默地洗着衣服；而在巴黎后街肮脏的公寓走廊里，还有一个和我同龄的姑娘，独自悄悄地洗着衣服，冲月亮笑了一笑。对此我毫不怀疑，就像用望远镜当真看到了一样，连色彩也鲜明而清晰地浮现在脑海中。

　　我们大家的痛苦，真的谁也不知道。若是现在变成大人，我们的痛苦和寂寞就成了可笑的玩意儿，或许可以满不在乎地追忆，然而，彻底变成大人之前的这段漫长可恶的期间，又该如何生活呢？没人教我们。莫非这是麻疹一样的病，除了置之不理别无他法？可是，因麻疹而失明甚至死亡者大有人在，怎能放任不管。我们每天都像这样，或郁郁不乐，或勃然大怒，有人渐渐误入歧途，迅速堕落，终至无可挽回之身，将一生都糟蹋了，还有人因一时冲动而自杀。

　　悲剧一旦酿成，无论世人们多么深感惋惜——"唉，要是再多活几天就明白了，要是再长大一点就自然会明白了。"——

在我们本人也只有无边的痛苦，尽管如此，仍勉强挨了过来，可就算拼命要去倾听世间的声音，结果仍旧是重复一些无关痛痒的教训，只知道"好了，好了"地劝慰，我们永远都在承受可耻的食言。我们绝非刹那主义者，只是指向了太过遥远的山峰，我们知道，只要抵达那里就能看到很棒的景致，这一点毋庸置疑，绝非虚言。可现在明明肚子痛得如此厉害，世人却对那腹痛视若无睹，只是一个劲儿地告诉我们："快快，再忍耐一下，到那座山的山顶就好了。"一定有人错了。是你不好。

洗完衣服，我打扫浴室，然后悄悄地打开房间的隔扇，便闻到了百合的香味。我松了一口气，连心底都变得透明，仿佛成了崇高的虚无。我静静地换上睡衣，本以为母亲睡得很安稳，她却闭着眼突然开口说话，吓了我一跳。母亲经常做这种事吓唬我。

"你之前说想要夏天的鞋子，我今天去涩谷就顺便看了一下，鞋子也变贵了呢。"

"没关系，不那么想要了。"

"可是，没鞋子穿，也不好办吧。"

"嗯。"

明天想必又是一成不变的日子。幸福一辈子都不会来了，我知道。不过，还是怀着"一定会来，明天就会来"的信念入眠比较好吧。我故意"咚"的一声重重地倒在被窝里。啊，真舒服。被窝尚是冷的，后背凉丝丝的恰到好处，使我不由得陶醉出神。

幸福会迟到一夜。

——恍惚中想起这句话。把幸福等啊等啊，终于忍无可忍冲出家门，第二天，幸福的好消息光临了被舍弃的家，然而为时已晚。幸福会迟到一夜。幸福……

庭院里响起小可走路的脚步声——吧嗒吧嗒吧嗒吧嗒。小可的脚步声有个特征：它的右前腿有点短，而且两条前腿呈 O 字形，是罗圈腿，所以连脚步声都带有寂寞的感觉。小可经常于这样的深夜，在庭院里转来转去，也不知道在干什么。小可真可怜。今早我捉弄了它，明天会好好宠爱它的。

我有个可悲的习惯，若不用双手完全捂住脸，就睡不着。我捂着脸，一动不动。

入睡时的心情，很奇怪。就像鲫鱼或鳗鱼使劲拉扯钓丝一样，有一股沉甸甸的铅坠般的力量，通过丝线把我的脑袋一直向下拽，我刚要睡着，那丝线就有点放松，于是我便猛然清醒过来，而那丝线又开始拽我的脑袋，刚要睡着，线又松了。如此重复三四次后，才狠狠地一拽到底，直至第二天早上。

晚安。我是没有王子的灰姑娘。您知道我在东京哪里吗？我再也不会跟您见面。

痛苦的人痛苦吧，堕落的人堕落吧，
与我无关，这就是人间。

——太宰治

时间宝贵，我们只读好书。

诚邀关注"只读文化工作室"微信公众号

富岳百景

[日] 太宰治 | 著　　只读文化工作室 | 出品

只读

时间宝贵，我们只读好书。

—和风译丛—

001 太宰治《人间失格》（平装）

002 太宰治《惜别》（平装）

003 织田作之助《夫妇善哉》（平装）

004 宫泽贤治《银河铁道之夜》（平装）

005 坂口安吾《都会中的孤岛》（平装）

006 上村松园《青眉抄》

007 太宰治《关于爱与美》

008 谷崎润一郎《黑白》

009 梶井基次郎《柠檬》

010 幸田露伴《五重塔》

011 宫泽贤治《银河铁道之夜》（精装）

012 太宰治《人间失格》（精装）

013 太宰治《惜别》（精装）

014 芥川龙之介《罗生门》

015 泉镜花《汤岛之恋》

016 夏目漱石《我是猫》

017 樋口一叶《十三夜》

018 尾崎红叶《金色夜叉》

019 坂口安吾《都会中的孤岛》（精装）

020 樋口一叶《青梅竹马》

只读

时间宝贵，我们只读好书。

—即将推出—